JENNY WOOD

Der HAIN hinter dem HERRENHAUS

art skript
PHANTASTIK
»Verlag & Design«

Eine Novelle der Gaslichtromantik

Impressum

Copyright © 2018 Art Skript Phantastik Verlag
Copyright © 2018 Jenny Wood

1. Auflage 2018
Art Skript Phantastik Verlag | Salach

Lektorat » Rohlmann & Engels
www.lektorat-rohlmann-engels.com
Korrektorat » Melanie Schneider

Gestaltung » Art Skript Phantastik Verlag
Cover-Wald » Jokubas Banaitis - Unsplash
Innenseite-Schmetterling » Fotolia

Druck » BookPress | www.bookpress.eu

ISBN » 978-3-945045-26-8
Auch als eBook erhältlich

Der Verlag im Internet
www.artskriptphantastik.de

Alle Personen und Handlungen sind frei erfunden. Ähnlichkeiten mit realen Personen sind zufällig und nicht beabsichtigt.

Inhalt

Impressum ....Seite 3
Inhalt..Seite 5
Über die Autorin......................................Seite 6
Widmung..Seite 7

Der Hain hinter dem Herrenhaus..........Seite 9

Danksagung ....Seite 177
Werbung ....Seite 181

Über die Autorin

Jenny Wood lebt - seit sie 1985 geboren wurde - im schönen Ruhrgebiet. Ihr Heim teilt sie mit einem verrückten Schlagzeuger, einer Katze und jeder Menge Büchern. Seitdem sie ein Teenager war, schlägt ihr Herz für Fantasy-Literatur. Da nie ein Brief aus Hogwarts kam und Drachentöter auch nicht mehr gebraucht werden, entschied sie sich nach einer längeren Findungsphase für den öffentlichen Dienst. Die Arbeit mit Menschen bereitet ihr große Freude und die Literatur ist der perfekte Ausgleich zur harten Realität.

Widmung

Für alle,
die das Gefühl haben,
nicht die Erwartungen
zu erfüllen.
Das müsst ihr nicht.
Ihr seid schon perfekt.

1.

Der schicksalshafte Tag, an dem alles seinen Anfang nahm, an dem der Zerfall meines Verstandes und der meiner Welt einsetzte, begann mit einem Herrn, der unter dem Fenster der bescheidenen Unterkunft, in der ich zurzeit residierte, auf einer dampfbetriebenen Drehorgeln ein eingängiges Kinderlied spielte. Bis heute kann ich nicht sagen, warum besagter Gentleman an diesem Tag, zu dieser Stunde, unter diesem Fenster aufspielte, wo ihm doch in anderen Vierteln die betuchteren Bürger gewiss den ein oder anderen Pfennig mehr zustecken konnten. Vielleicht – wenn ich so darüber nachdenke – wollte er nur den Kindern im Heim am Ende der Gasse eine kleine Freude machen.

Mir allerdings bereiteten die tiefen, dröhnenden Töne, das schrille Pfeifen und das Zischen des Dampfmotors einen großen Unmut, dauerte es doch nur einen kurzen Moment, bis meine Kopfschmerzen in die Kakofonie einstimmten. Unwillig, mich den tröstenden Armen des Schlafes zu entziehen, schob ich meinen Kopf unter die raue Wolldecke und murrte leidend. Doch das Dampfungeheuer ließ sich nicht von meinem stummen Flehen erweichen und brüllte weiter diese prägnante Melodie, die sich wie ein Parasit in meinen Gehörgang fraß und im Hirn einnistete.

Geschlagen warf ich meine Decke zurück und schwang die Beine aus dem Bett, bereit mich dem Untier und dem Peiniger, der ihm diese Töne entlockte, zu stellen. Tage, die mit solch einer Ruhestörung am frühen Morgen begannen, konnten schon keine guten werden. Ich wählte meine Waffe – einen Krug mit Wasser vom Waschtisch – und überbrückte die wenigen Schritte zum Fenster.

Erst als ich den schweren, grauen Vorhang zur Seite zog, bemerkte ich die grelle Frühlingssonne. Fast hätte ich dabei meinen Plan vergessen, doch als die Drehorgel zu einer Wiederholung dieses schaurigen Rattenfängerliedes anhob, besann ich mich auf den Feind und kippte den Krug ohne Vorwarnung um. Zwei Stockwerke unter mir traf das kühle Nass auf Musiker, Instrument und – den entrüsteten Stimmen nach – diverse Passanten.

Rasch trat ich vom Fenster zurück, um dem wütenden Geschimpfe kein Ziel zu liefern. Ein abgetretener Schuh bahnte sich seinen Weg durch die Luft zu mir herauf und fiel klappernd neben mir auf die zerkratzten Dielen. Ich zuckte schmunzelnd mit den Schultern bei dem Gedanken, dass dessen Besitzer nun mit einem vorliebnehmen musste.

Mit dem Gefühl, die Welt etwas besser gemacht zu haben, stellte ich den Krug zurück neben die Schale auf den Rasiertisch. Mein Blick streifte das Bild in dem stumpfen

Spiegel, der sich gerne einen Scherz mit mir erlaubte und mich wie ein Gespenst aussehen ließ. Heute war wieder einer dieser Tage. Meine dunklen Augen lagen tief in dem blassen Schädel, als ob es ihnen gelingen könne, sich dort vor dem unnachgiebigen Tageslicht zu verstecken. Das braune Haar war strähnig und schien ein Eigenleben entwickelt zu haben, indem es versuchte, ein explodiertes Federvieh zu imitieren. Die Wangen wirkten hohl und machten mich der Erscheinung nach zu einem nahen Verwandten des Gevatters Tod. Ein schaler Geschmack lag mir auf der Zunge und verschlimmerte den Durst, der mich dank des billigen Brandweins quälte.

Ich rümpfte die Nase, als ich feststellte, dass die einzige Wasserquelle, mit der ich mich hätte herrichten können, meinem verzweifelten Racheakt zum Opfer gefallen war.

»Konstantin, du hast schon mal besser ausgesehen«, predigte ich mir selbst und zog die schlanken, schwarzen Augenbrauen zu einem eleganten Bogen. Eine Geste, die meine Mutter – möge sie mit anderen Gift spuckenden Nattern in der Hölle braten – stets zur Weißglut gebracht hatte. Dieses einem griechischen Epos würdige Monster war schuld an meiner Misere.

Ich bin der dritte Sohn von Sigismund Thaddäus von Heerstein und seiner ungeliebten Frau Elisabetha Philomena

von Heerstein, geborene Cosburg-Mayer. Nach einem angesehenen Juristen sowie einer braven, gottesfürchtigen Schönheit und späteren Ehefrau war ich der Taugenichts der Familie und das Gesprächsthema, welches die gesamte Sippe grazil umschiffte. Seit drei Jahren existiere ich für meine Eltern offiziell nicht mehr. Sie waren es leid, einen Schnorrer und Schmarotzer zu beherbergen, der ihrer Meinung nach nichts lernen wollte und ihr Geld mit beiden Händen für Gemälde, Kartenspiel und Alkohol ausgab. Mein Studium in Kunstgeschichte war in ihren Augen nichts wert. Lieber hätten sie mich als Arzt, Theologen oder sogar Philosophen gesehen.

Ich gestehe an dieser Stelle – und das ist ein denkwürdiger Moment, den man sich notieren sollte, da er nie wiederkehren wird -, dass ich mich auf dem Namen und dem Geld meiner Eltern ausgeruht habe und die Vorzüge des Lebens eine gewisse Zeit genießen wollte. Aber der plötzliche Rausschmiss aus meinem Elternhaus vereitelte all meine Pläne, ein bekannter Kunsthändler mit eigener Galerie zu werden. Ohne eine müde Mark in der Tasche wurde dieser Traum zu einer Seifenblase, die mit einem ohrenbetäubenden Knall zerplatzte.

Seufzend griff ich nach dem Jackett, das über dem Bettpfosten hing, und zog meine Uhr aus der Innentasche. Das kleine Werk aus Zahnrädern und Federn surrte und schnurrte

wie ein zufriedener, dicker Kater. Als ich sie aufspringen ließ, schnellten an den Seiten kleine, filigran gearbeitete Flügelchen heraus, die man einst aufziehen konnte, sodass die Uhr wie ein vergoldeter Spatz durch das Zimmer flatterte. Die einfältigen Damen der Oberschicht hatte dieses Spielzeug oft begeistert. Nach einem unsanften Absturz hatte dieser Mechanismus allerdings den Geist aufgegeben und es mangelte mir am Kleingeld, es reparieren zu lassen.

Die Zeiger verrieten mir, dass es erst kurz nach Mittag war. Frühster Morgen, wenn man bedachte, dass ich mich erst zum Sonnenaufgang in mein kleines Zimmer geschlichen hatte – besoffen, pleite und am Boden zerstört. Doch nun war ich schon wach und konnte mir einfallen lassen, wie ich an das Geld kam, das ich erst letzte Nacht verspielt hatte.

Gerade als ich mich auf dem Rand meiner Schlafstätte niederlassen wollte, hämmerte es laut an der Tür. Mit jedem Schlag bebten die alten Bretter, als ob sie vor dem Menschen auf der anderen Seite flüchten wollten. Hatte der Dampforgel-Musiker also den Weg zu mir gefunden, um sich für die unangemeldete Dusche zu bedanken.

Ich stieß genervt die Luft aus. Das war zu viel für einen Morgen – und das alles noch vor einer Tasse Tee. Im Vorbeigehen hob ich den geworfenen Schuh auf, denn vielleicht

forderte auch nur der Besitzer sein Eigentum zurück.

Als ich nach dem Schlüssel griff, erzitterte die Tür unter erneuten Schlägen.

»Herr von Heerstein?«

Ich zögerte. Die Stimme klang weder wütend noch sonst wie aufgebracht, und ihr Besitzer wusste, zu wem er wollte und wo derjenige zu finden war. Die Erfahrung der letzten Jahre riet mir, dass es nichts Gutes bedeutete, wenn man nach mir suchte. Eilig kramte ich in meinem von Alkohol vernebelten Gedächtnis, bei wem ich mir etwas zu Schulden kommen lassen hatte.

Um den Gast nicht doch noch zu erzürnen, drehte ich an dem Schlüssel. Ein leises Klappern verriet mir, dass die Zahnräder in der Wand den Befehl verstanden hatten und sich mühsam in Bewegung setzten. Kurze Zeit später schnellte der Riegel zurück und die Tür schwang nach innen auf.

Vor mir stand ein untersetzter Mann in einem teuren Nadelstreifenanzug. Der buschige Schnauzbart und die gewaltige Körperfülle erinnerten mich prompt an ein Walross. Eine schwarze Melone, die sonst die graue Halbglatze verdeckte, wurde von ihm nervös in den Händen gedreht. Unter seinem rechten Arm klemmte eine modische Aktentasche in dunklem Leder passend zu seiner geschmackvollen Garderobe sowie ein Gehstock. Die dicken Augenbrauen zogen sich überrascht hoch, als er mich in meinem

Nachtgewand erblickte. Ich selbst muss nicht minder verwirrt geschaut haben.

»Herr Konstantin Balthasar von Heerstein?«, wiederholte er seine Frage und versuchte, an mir vorbei ins Zimmer zu schielen.

Nachdenklich klopfte ich mit dem ausgetretenen Schuhwerk gegen meinen Oberschenkel und versuchte, mir einen Reim auf mein Gegenüber zu machen. »Verzeihen Sie, Sie sehen weder aus wie ein Dampforgelspieler noch wie ein erzürnter, nasser Mitbürger. Geldeintreiber sind Sie auch nicht. Und mit Verlaub«, ich blickte hinab zu seinen Füßen, die, wie sollte es auch anders sein, in feinen, polierten Halbschuhen aus italienischem Leder steckten, »dieser hier scheint Ihnen nicht zu gehören. Also, wer möchte das wissen?«

Die Verwirrung des Walrossmannes nahm zu, als er den Gegenstand in meiner Hand erkannte, und ich war mir sicher, dass er für einen Moment an meinem Verstand zweifelte. Ein Fehler, der auch mir des Öfteren unterläuft.

»Verzeihung. Natürlich, ich sollte mich erst einmal vorstellen. Mein Name ist Conrad Berghausen. Prokurist, Rechtsanwalt und Notar. Ich komme im Auftrag Ihres Ur-Groß-…« Er stockte und schien nach den richtigen Worten zu suchen, die sich möglicherweise in seinem struppigen Bart verfangen hatten. »Im Auftrag eines

entfernten Verwandten«, korrigierte er sich schließlich. »Ich habe geschäftliche Dinge mit Ihnen zu besprechen.« Sein Seitenblick auf den dunklen, heruntergekommenen Flur machte meinem schlaftrunkenen Hirn klar, dass er das nicht zwischen Tür und Angel erläutern wollte.

Ich kniff mir mit Daumen und Zeigefinger in die Nasenwurzel, um meine Gedanken zu sortieren und die Müdigkeit zu vertreiben. Nach einem tiefen Atemzug trat ich zur Seite und bat den Herrn Berghausen in meine bescheidene Unterkunft.

Er folgte dem Wink, ohne zu zögern, und ließ seinen Blick aufmerksam und, wie mir nicht entging, angewidert schweifen. Viel gab es in meinen Räumlichkeiten nicht zu entdecken. Ein Bett, ein Waschtisch, ein Stuhl und eine Kommode bildeten das komplette Interieur, sodass Herr Berghausen recht rasch seine Inspektion beendet hatte.

Ich hob meine Kleidung vom Stuhl und bat dem Anwalt den Platz an. Die grauen Schnurrbarthaare zuckten, was ich als Lächeln interpretierte. Ich wartete geduldig, bis Herr Berghausen ein spitzenbesetztes Taschentuch aus der Anzugtasche zog, es über das mottenzerfressene Polster des Stuhls legte und sich setzte, ehe ich mich selbst ihm gegenüber aufs Bett sinken ließ.

»Nun, Herr Advokat, wie kann ich Ihnen helfen?«, fragte ich geradeheraus

und überspielte die Tatsache, dass ich ein Nachthemd trug, mit ausreichend Selbstbewusstsein.

Conrad Berghausen hatte mittlerweile Tasche und Gehstock neben sich abgelegt und hob abwehrend eine Hand. »Die Frage, mein junger Freund, lautet wohl eher, wie ich *Ihnen* helfen kann.«

Ich überhörte die vertraute Anrede. Irgendetwas an mir brachte die Menschen dazu, mich schnell sympathisch zu finden, was wohl dieses großväterliche Verhalten erklärte. Meine Schwester hatte mir oft geraten, ich solle doch ein durchtriebener Gauner und Fälscher werden wie einer dieser mysteriösen, romantisch verklärten Helden aus ihren Schundromane. Ich hätte den Charme, die Gerissenheit und das künstlerische Talent, um es weit zu bringen. Leider scheute ich sowohl vor den Gendarmen als auch vor der Arbeit zurück, die eine solche Karriere mit sich brachte.

Aufmerksam legte ich den Kopf zur Seite und schlug die Beine übereinander.

Als ob der Anwalt auf dieses Zeichen gewartet hatte, beugte er sich zu seiner Aktentasche und zog einen großen Umschlag heraus. »Es sind in erster Linie traurige Umstände, die mich zu Ihnen führen.«

»Mein Vater …«, entwich es mir, bevor die Fasson wieder Herrin über mich wurde.

»Dem geht es bestens«, entgegnete Berghausen und strich sich über den

Schnauzbart. Ein dumpfes Lachen ließ den Walrossleib erbeben. »Wenn man von einem kleinen Wutanfall absieht.«

Ich verdrehte die Augen und schickte ein stummes Stoßgebet zu dem Dämon, der mich in diesem Moment mit nervigen Diskussionen und einem schmerzenden Schädel peinigte. Mein Geduldsfaden war nach der Dampforgeltortur recht kurz. »Erklären Sie sich«, forderte ich mit einer unwirschen Geste.

»Ich bin hier, um Ihnen die traurige Mitteilung zu überbringen, dass Ihr Ur-Groß…« Wieder geriet er ins Stocken.

»Entfernter Verwandter?«, half ich nach, worauf Berghausen eifrig nickte.

»Herr Franz Josef von Heerstein ist leider von uns gegangen.«

Ich brauchte einen Moment, um diese Nachricht zu verarbeiten. Mein Hirn war sich nicht sicher, wie es darauf reagieren sollte. Musste ich erschüttert sein? Traurig? Sogar in Tränen ausbrechen? Nein, das schickte sich nicht für einen Herrn meines Standes. So entschied ich mich für das Einfachste und fragte: »Wer?«

Erneut zuckte der Bart und die Augen des Advokaten wurden zu fröhlichen Schlitzen. »Ja, ich dachte mir, dass Sie das fragen werden.«

Ein Teil von mir atmete beruhigt auf. Diese Aussage verriet mir zumindest, dass ich mir noch nicht das komplette Gedächtnis

versoffen und ich diesen Franz Josef von Heerstein wirklich nicht kennengelernt hatte.

Bedächtig öffnete Berghausen den Umschlag – mir fiel auf, dass das Siegel bereits gebrochen war – und zog ein paar Blätter heraus. »Herr Franz Josef von Heerstein ist der Sohn der Tante Ihres Großvaters väterlicherseits.«

Ich versuchte stumm, die Verästlungen meines Stammbaumes im Geiste nachzumalen. »Demnach der Großcousin meines Vaters?«

»Korrekt, mein junger Freund. Mir obliegt die traurige Ehre, mich um den Nachlass des Verstorbenen zu kümmern, ganz so, wie er es testamentarisch festgelegt hat.« Bedeutungsschwer ruhte seine große Hand auf den Pergamenten in seinem Schoß.

Voller Überraschung und Zweifel erhob ich mich, was den Advokaten zusammenzucken ließ. »Entschuldigen Sie, Herr Berghausen, aber Sie müssen sich irren. Weder kannte ich diesen Mann, von dem Sie sprechen, noch glaube ich, dass er mich in seinem Testament bedacht hat. Wenn Sie sich einen üblen Scherz -«

»Aber nicht doch«, fuhr mir der Anwalt über den Mund und hob beschwichtigend die Hände. Mit einem Nicken bedeutete er mir, dass ich mich wieder setzen und seine Erklärung hören sollte.

Ich folgte dem Wink, verschränkte aber die Arme vor der Brust, nicht erfreut darüber, dass dieser Berghausen meine kostbare Zeit stehlen wollte.

»Glauben Sie mir, Herr von Heerstein«, sprach der Advokat mit erhobenem Zeigefinger weiter. »Es war mir kein Leichtes, Sie ausfindig zu machen. Unser guter Freund Franz – Gott habe ihn selig – ist bereits vor sechs Monaten verstorben und stellte mich mit seinem Testament vor eine große Herausforderung.«

Die Neugier in mir horchte auf und zwang mich dazu, mich aufmerksam vorzubeugen.

»Herr von Heerstein forderte in seinem letzten Willen, dass nur eine bestimmte Person sein Vermögen, seinen Landsitz sowie die Firma erben sollte, da er selbst ohne Nachkommen war.«

»Und diese Person bin ich?« Ungläubig deutete ich auf mich selbst, doch Berghausen ließ sich davon nicht beirren.

»Die einzige Vorgabe war, dass der Erbe das ärmste Familienmitglied aus der Blutlinie derer von Heerstein sein muss. Also machte ich mich auf die Suche, sprach mit Vettern und Basen des Verstorbenen und zuletzt mit Ihren Eltern.«

Trotz regte sich im mir und ließ mich schnaufen. »Mit Verlaub, ich kann mir nicht vorstellen, dass meine entzückende Frau Mutter Ihnen voller Stolz von ihrem missratenen Sohn erzählt hat, geschweige denn, dass ihr meine Adresse bekannt ist.«

»Da liegen Sie ganz richtig.« Amüsiert zuckte Berghausen mit den massigen

Schultern. »Es war Ihre reizende Schwester.«

»Emilia?«, raunte ich ungläubig und saß mit einem Schlag aufrecht. Von all meinen Familienmitgliedern war sie mir stets die Liebste. Zu Beginn meiner familiären Verbannung hatte sie mir hier und da ein paar Mark zugesteckt und regelmäßig Briefe geschrieben. Ihr Mann, der sich den Zuspruch meiner Eltern erhalten wollte, war allerdings gegen den Kontakt und unterband ihn mit deutlichen Worten. Ich musste zugeben, dass sie mir fehlte. Emilia, mit ihrem warmen Lächeln und den sanften, braunen Rehaugen.

Mein Herz wurde schwer vor Sehnsucht und ich versuchte, ihr mit einem tiefen Seufzer Luft zu machen. »Wie geht es meiner Schwester?«

»Ausgezeichnet«, jubilierte Berghausen. »Man kann sagen, die Schwangerschaft steht ihr hervorragend. Sie strahlt förmlich.«

»Sie ist in anderen Umständen?«, brach es aufgeregt aus mir heraus. Wie lange hatte ich sie nicht mehr gesprochen? Drei Monate? Oder vier? Was hatte ich nur alles versäumt von meinem Schwesterchen, das früher täglich durch mein Leben getanzt war!

Der Anwalt lachte leise und legte mir großväterlich die schwammige Hand auf den Unterarm. »Aber ja, mein Freund. Es geht ihr bestens. Sie erzählte mir alles über Sie und da wurde mir klar, dass ich in Ihnen genau die Person gefunden habe, nach der

ich suchte. Außerdem bat Ihre Schwester mich, Ihnen auszurichten, dass sie Sie sehr vermisse und sie sich freuen würde, Sie bald wiederzusehen.«

»So geht es mir auch.« Traurig ließ ich die Schultern sinken und schweifte mit dem Blick in die Ferne, in Gedanken an all das, was ich zurückgelassen hatte. Warum traf mich das Heimweh heute so unvorbereitet?

»Nun, ich bin mir sicher, dass wir daran bald was ändern können«, murmelte Berghausen und zog ein in Leder geschlagenes Buch aus seinem Aktenkoffer. Er schlug es auf und drehte es so, dass ich hineinschauen konnte.

Meine Augen huschten über Aufzeichnungen, Zahlen und Buchstaben. Es waren Notizen zu Ausgaben und Einnahmen, Aufstellungen von Vermögen und Wertgegenständen, Schätzungen von Immobilien. Am Ende stand eine Zahl. Eine gewaltige Zahl, die mir den Atem raubte.

»Herr von Heerstein, ich möchte Ihnen zu Ihrem Erbe gratulieren. Von nun an sind Sie ein einflussreicher Geschäftsmann mit finanziellen Mitteln. Ausreichenden Mitteln für drei Leben. Ich bin mir *sehr* sicher, dass Ihre Eltern und damit auch Ihre entzückende Schwester bald wieder Ihre Nähe suchen.«

2.

Die dampfbetriebene Kutsche ruckelte über das Kopfsteinpflaster. Ihre Zylinder und Kolben keuchten und pfiffen wie ein altersschwacher Esel, der versuchte, mit einer Karawane in der Wüste mitzuhalten. Nicht nur, dass die Reise mit diesem Gefährt recht unbequem war, sie gestaltete auch noch sehr laut. Seitdem wir losgefahren waren, hatte ich keinen klaren Gedanken mehr fassen können. Ganz zu schweigen davon, eine Konversation mit meinem Kutscher zu betreiben – wobei der generell wortkarg wirkte.

Erneut stellte ich für mich fest, dass die Fahrt mit einer altertümlichen Kutsche samt Pferd deutlich angenehmer war, und beschloss, mir gleich solches anzuschaffen, wenn ich mein neues Domizil erreicht hatte. Obwohl ich mich für die Errungenschaften der Dampftechnik interessierte, war doch nicht alles davon ein Gewinn für die Menschheit.

Die Reise mit dem Zug von Berlin ins Ruhrgebiet war schon anstrengend gewesen, doch seit ich in diesem schaukelnden Monster saß, pochte ein leichter Schmerz hinter meinen Schläfen, der mich missgestimmt werden ließ. Bisher hatte ich Berlin nur selten verlassen. Meine Mutter hatte es gelegentlich zur See gezogen, da dort die Luft besser war und sie es liebte, auf der Promenade zu flanieren. Mit meinem Vater waren wir Kinder

für eine Silvesterfeier nach München zu Geschäftspartnern gereist und mein Studium hatte ich mit einem halbjährigen Aufenthalt in Italien gekrönt. Sonst hatte ich stets in der Hauptstadt verweilt, denn ich liebte ihren Reiz und ihren Puls.

Doch jeder Industrielle, der etwas auf sich hielt, zog früher oder später ins Ruhrgebiet. Das schmuckvolle Herrenhaus – wie Berghausen es beschrieben hatte – und die Fabrik befanden sich ein paar Kilometer außerhalb von Essen. Meine Befürchtung, die Landschaft würde grau, zugebaut und schäbig wie ein Hinterhof im Armenviertel sein, zerschlugen sich schnell. Statt qualmender Schornsteine, dreckiger Straßen und schlechter Luft erwartete mich eine moderne Stadt, umgeben von saftigem Grün. Ich beschloss, dass ich mich hier wohlfühlen könnte.

Die Kutsche erzitterte und bog mit penetrant quietschenden Achsen von der Straße auf einen Schotterweg ab. Ein Schlagloch ließ mich ungewollt hüpfen und bei der Landung stieß ich mir den Steiß an. Ich unterdrückte einen Fluch und griff nach meinem Zylinder, der drohte, mir vom Haupt zu rutschen.

Wir passierten einen großen, verzierten Mauerbogen, auf dem Wasserspeier thronten und den Ankömmlingen mürrische Blicke zuwarfen. Sie wirkten auf mich wie Wesen aus alten Legenden, die in verwunschenen Hainen lebten, wie sie dort zwischen den

Efeuranken hockten. Das darauf folgende Waldstück verstärkte diesen Eindruck.

Neugierig wie ein Junge an Heiligabend drückte ich meine Nase an der Scheibe platt, um möglichst viel von meinem Erbe zu entdecken, doch das kalte Glas beschlug unter meinem Atem.

Die Bäume wichen einer weiten Wiese, auf der wie kleine Farbflecke hübsche Blumenbeete mit Krokussen, Osterglocken und beschnittenen Buchsbäumen platziert waren. Märchenhaft beschienen von der Frühlingssonne tauchte die Villa vor mir auf. Ich war erfreut darüber, alleine zu sein, denn meine Gesichtszüge entglitten vor Überraschung und ein leises Jauchzen entwich meinen Lippen. Es wäre zutiefst demütigend gewesen, wenn jemand mich in diesem schwachen Moment erblickt hätte, doch ich konnte mich an dem Prachtbau nicht sattsehen.

Der helle Sandstein der Verkleidung leuchtete im warmen Licht. In den oberen Etagen waren Fenster geöffnet und weiße Vorhänge wehten hinaus, als würden sie mich freudig willkommen heißen. Ein Erker und ein rundes Türmchen ließen die Villa charmant verspielt wirken. Rauch stieg aus einem schiefen Schornstein und versprach einen warmen Empfang.

Aufregung machte sich in mir breit und ich rutschte unruhig auf der Bank nach vorn, sodass ich aus der Kutsche hechten konnte,

sobald sie stand und endlich verstummte. In quälender Langsamkeit rollte das blecherne Ungetüm um einen Springbrunnen ohne Wasser herum und stoppte vor der breiten Treppe, die zum Eingang hinaufführte. Obwohl es sich nicht schickte, wartete ich nicht auf den Kutscher und stieß die Tür auf. Kalte Frühlingsluft umgarnte mich wie eine zärtliche Liebhaberin und jagte mir einen Schauer über den Rücken. Ich schlug den Kragen meines Mantels hoch und kletterte ungelenk aus der Kutsche. Meine verkrampfte Haltung während der Fahrt hatte die Glieder steif werden lassen, sodass ich mich wie ein alter Mann und nicht wie ein junger, galanter Gentleman bewegte.

Berghausen trat aus der Eingangstür und eilte die Treppe herunter. Es war beeindruckend, wie fix er sich trotz seiner beachtlichen Körperfülle bewegte. Trotzdem war er so außer Atem, dass sein Schnauzer unter den tiefen Atemzügen flatterte, als er neben mir ankam.

»Konstantin!«, keuchte er freudig, breitete die massigen Arme aus und zog mich an seine Brust.

Ein widerwilliger Laut entwich meiner Kehle, doch ich ließ die Liebkosung über mich ergehen. Erst als mir mein Zylinder vom Haupt rutschte, entließ Berghausen mich aus seiner Umarmung. Unbeholfen bückte er sich nach meinem Hut, schlug den Staub von der Krempe und reichte ihn mir mit einem verlegenen Lächeln.

»Ich freue mich auch, Sie zu sehen«, gab ich mit einem Schmunzeln zu.

»Mein Bester, Sie sehen phantastisch aus!« Der Advokat klatschte in die Hände. »Ein adretter, junger Mann. Gar nicht zu vergleichen mit dem Schreckgespenst von vor drei Tagen.«

Nun schoss mir das Blut in die Wangen wie bei einem jungen Fräulein, das ihr erstes Kompliment bekam. »Nun übertreiben Sie nicht, Berghausen. Es ist nur der traurige Beweis, dass Kleider Leute machen. Jeder Bettler würde in diesem englischen Zwirn wie ein erfolgreicher Geschäftsmann aussehen.«

Berghausen hob mahnend den Finger und schüttelte entschlossen den Kopf. »Und doch würde dem Bettler das Entscheidende fehlen. Er hätte nicht den Glanz, die Ausstrahlung, den Schneid. Doch lassen Sie uns nicht im kalten Wind diskutieren, wenn drinnen frisches Gebäck und Tee auf uns warten. Willkommen auf Villa Hohenhof.«

Mit einer einladenden Geste zur Treppe forderte der Anwalt mich auf, vorzugehen. Ich setzte mir meinen Zylinder auf und tippte mir dankend an die Krempe.

Im Türrahmen erwartete mich eine junge Frau in einem schlichten, grünen Kleid. Ihr langes, blondes Haar war zerzaust und erinnerte mich an ein Vogelnest. Sie hatte ihre Hände vor der Brust gefaltet und blickte mich aus aufmerksamen grauen Augen an. Ihr Auftreten irritierte mich und ließ mich

innehalten. Die Farbe ihrer Iris schimmerte so hell, dass ihre Augen milchig wie bei einer blinden Person wirkten. Das Grau vermischte sich mit Silber zu einem reißenden Strudel, der drohte, mich zu verschlingen. Dann blinzelte das Mädchen und der Bann zerbrach.

Das junge Ding zauberte ein schiefes Lächeln auf ihre Lippen und deutete einen Knicks an. »Herr von Heerstein, es ist mir eine Ehre, Sie in Villa Hohenhof begrüßen zu dürfen.«

»Sandrin«, röchelte Berghausen, nachdem er die Treppen bezwungen hatte. »Sie ist … uff … Ihre Haushälterin. Außer ihr lebt noch Harald hier, Ihr Kutscher und Gärtner.«

Ich nickte als Zeichen der Kenntnisnahme und trat an dem Mädchen vorbei in die Empfangshalle. Der Raum wirkte offen und einladend. Das dunkle Parkett glänzte, als ob es frisch poliert war. Teure Stofftapete bedeckte die hohen Wände und durch eine Glaskuppel hoch über meinem Kopf drang Sonnenlicht. Durch eine weit geöffnete, zweiflügelige Tür erspähte ich den großen Salon, hinter dem sich eine scheinbar endlose Terrasse erstreckte. Rechts und links gingen weitere Türen ab, außerdem erhob sich eine breite, geschwungene Treppe, die in die oberen beiden Etagen führte. Die Wand entlang der Stufen war geschmückt mit detaillierten Ölgemälden von verschiedenen Landschaften und Jagdszenen – nicht mein Stil, aber im Gesamtkonzept recht geschmackvolle und gute Arbeiten.

Der Geruch von frischem Gebäck stieg mir in die Nase und machte mir bewusst, dass ich seit dem letzten Abend vor lauter Aufregung nichts mehr gegessen hatte. »Sehr einladend, Fräulein Sandrin.«

Sie knickste erneut, schloss die Tür und nahm mir Zylinder und Mantel ab, um beides an die Garderobe unter der Treppe zu hängen. »Ich hoffe, Sie hatten eine angenehme Reise.«

Ich blähte unwillig die Nasenflügel und strich meinen Gehrock glatt. »Wenn man von diesem quietschenden, kupfernen Ungetüm absieht, ja. Die Zugfahrt war sehr interessant.«

Sandrin zeigte erneut ihr schiefes Grinsen, was ihr etwas Listiges gab und sie mir gleich sympathisch machte. »Sie reden von der mechanischen Kutsche, nicht wahr? Ich erschrecke mich jedes Mal zu Tode, wenn Harald sie startet.« Zur Untermalung ihrer Worte legte sie sich die zarten Hände auf die Wangen und verdrehte die Augen. »Ein Geschenk eines Geschäftspartners von Herrn von Heerstein. Er brachte es nicht übers Herz, es abzulehnen.«

»Nun, ich denke, es bricht niemandem das Herz, wenn *ich* mich von diesem Ungeheuer trenne.«

»Mitnichten, der Herr.« Sandrin deutete einladend auf die zweiflügelige Tür. »Tee im Wintergarten? Herr Perlenbach erwartet Sie bereits.« Bei ihren letzten Worten bedachte sie Berghausen mit einem vielsagenden Blick. Der

Advokat räusperte sich ertappt und zeigte mir an, dass ich vorgehen solle.

Gemeinsam durchquerten wir den Salon, wo ein Teil der Wände durch Glas ersetzt wurde. Kaum hatte ich den Wintergarten betreten, fühlte ich mich wie in einer anderen Welt. Der kleine, gläserne Anbau war vollgestellt mit Blumenkübeln verschiedenster Größe – Palmen, Orangen und sogar Orchideen strahlten in ihren prächtigsten Farben um die Wette. In einer Voliere flatterten feuerrote Kardinäle wie kleine Rubine und zwitscherten aufgeregt.

»Ich hätte nicht gedacht, dass der alte von Heerstein ein passionierter Gärtner war«, bemerkte ich anerkennend.

»War er nicht«, ertönte eine fremde Stimme aus dem Grün. »Er nannte es immer Sandrins kleines Hexenreich.« Ein groß gewachsener Mann mit grauen Schläfen und einem adrett gestutzten Ziegenbärtchen trat hinter einer Palme hervor und lächelte mich geschäftsmännisch an.

»Interessant«, murmelte ich und ließ bewusst aus, was genau ich meinte.

»Verzeihung.« Der Fremde trat mit einem leisen Lachen auf mich zu und reichte mir die Hand. »Emanuel Ferdinand Perlenbach. Ich bin … war der Geschäftspartner Ihres Ahnen und stehe nun Ihnen voll und ganz zur Seite.«

Seine Stimme hatte etwas Näselndes. Bei ihrem Klang stellten sich sich mir

augenblicklich die feinen Nackenhaare auf. Perlenbach war mir ohne weiteres Zutun unsympathisch. Ich musterte ihn kritisch. Sein Haar lag etwas zu perfekt, sein Anzug wirkte etwas zu teuer, doch am schlimmsten war, dass er mich fixierte wie ein Adler die Beute. So viel Wert dieser Mann auf sein Auftreten legte, in seinem Inneren lauerte etwas Gefährliches.

Zögernd reichte ich ihm die Hand. Er griff kräftig zu, was ich, um ehrlich zu sein, nicht erwartet hatte. Seine Haut fühlte sich kalt und zart an. Sie hatten – wie so oft bei Menschen dieser Schicht – noch nie körperliche Arbeit vollbracht.

»Es ist mir eine Ehre, Sie kennenzulernen, Herr Perlenbach«, erklärte ich mit dem charmantesten Lächeln, zu dem ich imstande war.

»Bitte, nennen Sie mich Emanuel. Der alte Franz und ich waren gute Freunde und ich würde mir wünschen, dass es bei uns genauso ist.«

Ich nickte unverbindlich, was mein Gegenüber mit hochgezogener Braue bemerkte, und wandte mich dem kleinen, gedeckten Tischchen zwischen dem Grün zu. »Meine Herren, lassen wir doch den Tee nicht kalt werden.«

Die Anwesenden folgten meinem Wink und ließen sich in den geflochtenen Korbsesseln nieder, während Sandrin vortrat und unsere Tassen mit dampfender Flüssigkeit füllte. Dazu reichte sie Gebäck und, wie es in England üblich war, kleine Sandwiches. Ich fragte mich, wie diese Tradition in eine Villa

am Stadtrand von Essen Einzug gehalten hatte, und entschied, dass mein Ahne zu Lebzeiten eine interessante Persönlichkeit gewesen sein musste.

Mit einem dankenden Lächeln griff ich nach der Tasse und sog den erfrischenden Duft von Kräutern und Zitrone ein. Sandrin erwiderte meine Geste, knickste und zog sich zwischen die üppigen Pflanzen zurück.

Ich schlug die Beine übereinander und lehnte mich bequem zurück. »Nun, Emanuel, was verschafft mir die Ehre? Und seien Sie ehrlich, es ist kein Anstandsbesuch.« Ohne mein Gegenüber aus den Augen zu lassen, nippte ich an meiner Tasse.

Eine Geschmackskombination aus Zitronenmelisse, Minze und etwas anderem breitete sich in meinem Mund aus und spülte mit einem Schluck die Strapazen der langen Anreise fort. Anerkennend zog ich die Augenbrauen hoch und trank erneut. Solch ein Trunk hätte selbst die Queen milde gestimmt.

Durch ein Räuspern sicherte sich Perlenbach meine Aufmerksamkeit. »Wie Sie vielleicht mitbekommen haben, hat uns das Testament des alten von Heerstein vor eine große Herausforderung gestellt.«

Berghausen, der damit beschäftigt war, eine undefinierbare Anzahl der Sandwiches hinter seinem Schnauzer verschwinden zu lassen, hüstelte gekünstelt und zwinkerte mir rasch zu, als ich ihn fixierte.

Perlenbach hingegen sog tief die Luft ein, wobei er für einen vermeintlich unbeobachteten Augenblick genervt die Lippen verzog. »Unser guter Conrad hier hat wirklich alle Hebel in Bewegung gesetzt, um Sie zu finden. Wir dachten schon, niemand würde sich des Erbes annehmen.«

Der Advokat reagierte darauf mit einem Schnauben, wobei er sich an einem Stück Weißbrot verschluckte und schrecklich laut keuchte. Er hustete kräftig und hob entschuldigend die Hand. Auch das quittierte Perlenbach mit einem missbilligenden Blick, wie mir nicht entging. Ich würde später mit dem Anwalt über den Geschäftsmann sprechen müssen.

»Nun sind Sie ja endlich da«, fuhr Perlenbach fort und setzte sein gefrorenes Lächeln auf. »Die Firma war in den letzten Monaten so gut wie handlungsunfähig. Wir standen auf der Stelle, da wir ohne Haupteigner nur eingeschränkt beschlussfähig waren. Sie verstehen sicher, warum ich so direkt bin. Es sind ein paar wichtige Entscheidungen zu fällen, die wir bisher aufschieben mussten. Dadurch haben wir immensen Verlust erlitten. Ich möchte dieser Talfahrt zügig ein Ende setzen.«

»Demnach sollten wir zügig mit der Arbeit beginnen«, folgerte ich. Ein Gedanke, der mich, milde ausgedrückt, schockierte, hatte ich doch keinerlei Erfahrungen im Leiten eines

Unternehmens. Ebenso wenig wusste ich, was mein Verwandter überhaupt getan hatte.

Perlenbach nahm sich einen Moment, ehe er antwortete und nippte an seiner Tasse. Wie ich hielt auch er kurz inne, spähte in das Porzellan und hob sacht eine Augenbraue. »Ich denke, auf ein oder zwei Tage kommt es nicht an. Zuerst sollten Sie sich um die Angelegenheiten auf dem Anwesen kümmern. Ich würde Sie nur bitten, die Dringlichkeit im Hinterkopf zu behalten.«

»Aber natürlich«, versprach ich einen Hauch zu schnell, atmete innerlich aber auf, da mir eine Schonfrist geblieben war. »Herr Berghausen wird mich gewiss in die wichtigsten Vorgänge einarbeiten, damit ich mir einen Überblick verschaffen kann. Danach halte ich ein Treffen mit den Gesellschaftern für angemessen.«

»Vielleicht Donnerstag zum Mittagessen in ganz ungezwungener Runde mit den Herren vom Vorstand?«, schlug Perlenbach vor. Damit hatte ich drei Tage, etwas über die Unternehmungen zu lernen.

»Klingt hervorragend«, log ich.

Heftiger als nötig stellte Perlenbach seine Tasse ab und erhob sich in derselben Bewegung. »Nun, dann will ich Ihnen nicht weiter Ihre kostbare Zeit stehlen. Wenn Sie mich entschuldigen würden.«

Ich schaffte es gar nicht so schnell, meine Glieder zu sortieren, sprang auf und schlug

mit dem Knie gegen den Tisch, was sowohl dem Porzellan als auch Berghausen einen empörten Laut entlockte. »Aber gewiss doch«, flötete ich und schob mit den Fingerspitzen die Tasse gerade.

»Noch einen schönen Tag.« Perlenbach streckte mir die Hand entgegen, die ich unwillig schüttelte.

»Ihnen auch.«

Berghausen musste sich mit einem knappen Nicken zufriedengeben, dann trat Perlenbach seinen Weg durch das dichte Grün an und verließ den Wintergarten. Ich hielt inne, lauschte, konnte hören, wie die alten Dielen im Salon knarrten, Sandrins hohe Stimme und schließlich das Türschloss. Erst dann erlaubte ich mir, auszuatmen.

»Ein eigenwilliger Geselle«, äußerte ich vorsichtig gegenüber Berghausen.

Der Advokat schnaubte, was eine Gurke dazu veranlasste von seinem Sandwich zu trudeln. Ich bildete mir sogar ein, den mächtigen Schnauzbart flattern zu sehen.

»Sie mögen ihn nicht«, stellte ich trocken fest und verschränkte abwartend die Arme vor der Brust.

Mit nachdenklicher Miene griff Berghausen nach einer Serviette und tupfte sich den Schweiß von der Stirn. »Wenn ich ehrlich sprechen darf-« Ich nickte, worauf er fortfuhr. »Menschlich gesehen ist er ein kalter Fisch, geschäftlich ein aalglatter Experte.«

»Soll heißen?«

»Ich würde ihm nie meine Tochter zur Frau anbieten, ihn aber Teilhaber meiner Firma werden lassen.«

Den Rest des Tages befasste ich mich mit der Besichtigung des Anwesens, dem Signieren diverser Unterlagen für verschiedene Bankinstitute, Tee, einem vorzüglichen Lammbraten an Salzkartoffeln und Frühlingssalat so wie einer Pfeife vor dem Kamin.

Schweigend saßen Berghausen und ich in den großen Ohrensesseln, gebannt vom Tanz der Flammen und gelegentlich genüsslich an der Pfeife ziehend. Es war für mich etwas Besonderes, wenn man schweigend neben einem Mann sitzen konnte, ohne dass es einen unangenehmen Beigeschmack hatte. Ich beschloss, dass der Anwalt ein guter Freund sein könnte.

Als ob er meinen Gedanken vernommen hätte, stemmte sich der Advokat ächzend in die Höhe und zupfte sein Jackett zurecht. »Verzeihen Sie, Herr von Heerstein. Es ist bereits spät und ich habe noch ein gutes Stück Weg vor mir. Ich sollte mich für heute verabschieden.«

Deutlich irritiert richtete ich mich auf und nahm die Pfeife aus dem Mund. Tatsächlich zeigte die kleine Uhr über dem Kamin kurz nach zehn. »Verzeihung, Berghausen. Das ist ganz und gar mein Fauxpas. Ich dachte,

Sie würden heute Nacht das Gästezimmer beziehen, damit wir morgen früh direkt alles Geschäftliche klären können.«

»Da ich morgen früh einen Termin in der Kanzlei habe, kann ich Ihnen erst zum Mittag zur Verfügung stehen.«

»Dann aber zum Essen!«, neckte ich und deutete mit der Pfeife auf den rundlichen Bauch des Anwalts.

Ein tiefes Lachen kam über seine Lippen. »Wie könnte ich bei Sandrins Kochkünsten Nein sagen?«

Ich nickte zufrieden. »Lassen Sie mich Sie zur Tür begleiten.«

»Nur keine Umstände. Den Weg finde ich allein. Gute Nacht, mein Bester.« Umständlich klopfte Berghausen mir auf die Schulter und drückte mich damit wieder in den Sessel, was ich ohne Protest über mich ergehen ließ.

Nachdem meine Pfeife erloschen war, kippte ich die Glut in ein Schälchen und erhob mich. Der Tag war aufregend gewesen, und obwohl ich eigentlich ein Nachtmensch war, erwischte ich mich dabei, wie ich ausgiebig gähnte.

Wie aus der Finsternis geboren, schälten sich Sandrins Umrisse aus der im Dunklen liegenden Halle. Sie hielt ein Tablett mit zwei Gläsern Scotch in der Hand. Sacht neigte sie den Kopf zur Seite, als sie bemerkte, dass ich alleine war. »Ist Herr Berghausen schon gegangen?«

Ich deutete ein Nicken an und kämpfte gegen ein erneutes Gähnen.

»Wie schade«, seufzte die Haushälterin. »Ich habe gerade frischen Kuchen in den Ofen geschoben, als Mitternachtshäppchen. Ich dachte, Sie hätten heute viel zu besprechen und würden lange zusammensitzen.«

Überrascht musterte ich sie, um zu sehen, ob sie mich vielleicht an der Nase herumführte, aber sie verzog dabei keine Miene. Ich nahm die beiden Gläser vom Tablett und reichte ihr eins. »Dann müssen Sie mir wohl Gesellschaft leisten, Fräulein Sandrin.«

Mit einer dankenden Geste lehnte sie das Getränk ab und strich sich eine ihrer widerspenstigen Haarsträhnen hinters Ohr. »Ich fürchte, ich bin keine erfreuliche Gesellschaft. Meine Arbeit hat andere Schwerpunkte.«

»Nun, ich glaube, für heute haben Sie genug getan. Danke, Fräulein Sandrin. Sie haben mir einen schönen ersten Tag in meinem neuen Zuhause bereitet.«

Ein schiefes Lächeln stahl sich auf ihre Lippen und auch das Funkeln in ihren Augen entging mir nicht. Wie die meisten Exemplare des weiblichen Geschlechts war auch sie empfänglich für schöne Worte. Ich erwischte mich dabei, in alte Muster zu fallen. Mein Blick tastete ihre zierliche Statur ab, ich fragte mich, was unter dem Kleid verhüllt war. Doch hatte mein Vater mich schon früh gelehrt, die Finger von den Hausmädchen zu lassen, denn das würde stets Ärger mit sich bringen. Zugegeben, das ist die einzige Lehre,

die ich mir jemals von meinem Erzeuger angenommen habe.

»Bitte, es reicht, wenn Sie Sandrin sagen. Ihr Vorgänger war für mich so etwas wie ein Großvater. Vielleicht könnte es uns eines Tages gelingen, eine ähnliche Bindung aufzubauen.«

Die frivol-charmante Erwiderung schluckte ich herunter und beließ es bei einem »Es wäre mir eine Freude. Gute Nacht, Sandrin«.

Das Hausmädchen knickste und entfernte sich so lautlos, wie sie den Salon betreten hatte.

Mir blieben nur die zwei Gläser Scotch, die ich bereitwillig mit je einem Zug lehrte, obwohl jeder Tropfen wahrscheinlich mehr kostete als mein letztes Monatseinkommen. Ich beschloss, den Tag für heute enden zu lassen, und zog mich in die erste Etage in meine Gemächer zurück.

Die gute Hausfee hatte auch hier keine Mühen gescheut. In dem Wohnraum stand ein Tisch mit einer Karaffe Wasser und einer Schale, die von frischem Obst überquoll, sowie einer Vase voller üppiger Blumen, die ich nicht benennen konnte. Ich nahm die bereits entzündete Gaslampe von der Anrichte neben der Tür und durchquerte den Salon. Durch eine breite, zweiflügelige Tür gelangte ich in mein Schlafzimmer. Getrockneter Lavendel, der vom Baldachin herabhing, verbreitete einen angenehmen Duft nach Sommer. Meine Kissen waren hübsch

drapiert, die Bettdecke aufgeschlagen und ein seidenes Nachtgewand lag für mich bereit.

Ein dünnes Kupferrohr schlich sich aus dem Boden unter mein Bett, um an der anderen Seite wieder im Boden zu versinken. Vorsichtig hielt ich meine Hand über das Gebilde. Es strahlte eine sanfte Wärme aus. Ich hatte schon von den modernen Bettwärmern gehört, war aber selbst noch nie in den Genuss gekommen, da meine werte Frau Mutter diese Erfindung der Neuzeit für zu gefährlich hielt. Sie hatte die Sorge, die Bettdecke könne in der Nacht Feuer fangen – was in ihrem Fall ein Segen für die Menschheit wäre.

Ich wechselte die Garderobe und kroch unter die angewärmte, wohlduftende Decke, die mich umgarnte wie ein riesiger Wattebausch. Hier könnte ich in Frieden sterben oder zumindest eine sehr lange Zeit verweilen. Kein Vergleich zu der Strohmatratze der letzten Wochen. Mit einem zufriedenen Seufzer ließ ich mich zurücksinken, doch kaum hatte mein Kopf das Kissen berührt, war die Müdigkeit wie weggeblasen.

Mit offenen Augen lag ich in meiner zarten Wolke, der es einfach nicht gelingen wollte, mit mir ins Land der Träume zu entschweben. Unzählige Male quälte ich mich von links nach rechts, beobachtete die fremden Schatten, die der Mond an die Wände malte, und lauschte

dem Wind, der ums Haus pfiff. Ich fühlte mich an einen Schauerroman erinnert, in dem der Protagonist nun zum ersten Mal die Erscheinung sehen würde, und musste leise über mich selbst kichern. Obwohl ich nicht an Geister glaubte, erwischte ich mich dabei, die Decke bis zur Nasenspitze zu ziehen.

Ein Knarren ließ mir den Schreck in die Glieder fahren. Erneut griente ich in mein Kopfkissen, dass ich mich wie ein Lausbube aufführte. Als sich das Knarzen jedoch wiederholte, hielt ich die Luft an und starrte mit aufgerissenen Augen in die Dunkelheit meines Zimmers.

Durch meinen Aufenthalt in diversen heruntergekommenen Etablissements war mir durchaus bekannt, dass alte Häuser in stillen Momenten ein Eigenleben entwickelten, aber die Geräusche hatten trotzdem eine schaurige Wirkung.

Erst als sich das Knarren ein drittes Mal wiederholte, setzte ich mich auf und stieß zischend die Luft aus. Jemand wandelte eindeutig durch mein Haus! Vielleicht war es Sandrin, die man nicht ohne Grund als guten Geist des Hauses bezeichnete, auf ihrem letzten Rundgang, doch was, wenn nicht? Der Ehrenmann in mir befand, dass es nicht Aufgabe einer Haushälterin sei, mein Anwesen zu beschützen. Gesagt, getan.

Ich schwang die Beine aus dem Bett, entzündete die Öllampe auf meinem

Nachttischchen und schlich im Schein der flackernden Flamme durch mein Zimmer.

Das plötzliche Rumpeln aus dem Erdgeschoss ließ mich so zusammenzucken, dass mir fast die Lampe aus der Hand geglitten wäre. Ich murmelte einen unschicklichen Fluch, nahm den Umweg am Kamin vorbei und bewaffnete mich mit einem Schürhaken. Lautlos zog ich die Tür auf und steckte den Kopf hinaus. Der Flur erstreckte sich finster und leer vor mir.

Ein Luftzug brauste mir entgegen, ließ mich und die Flamme erzittern. Ich nahm meinen ganzen Mut zusammen, atmete tief ein und trat aus dem Zimmer. Das helle Zersplittern von Porzellan beschleunigte meine Schritte. Hinter mir schloss der Wind die Zimmertür mit einem lauten Knall, der wie ein Pistolenschuss die Nacht zerriss.

Ich nahm gleich zwei Stufen auf einmal, um ins Erdgeschoss zu gelangen, und wäre beinahe gestürzt. Meinen Reflexen war es zu verdanken, dass ich mich am Geländer abfangen konnte und irgendwie am unteren Treppenabsatz zum Stehen kam.

Zischend sog ich die Luft ein und lauschte, doch hatten Knall und Gepolter alle Geräusche im Haus zum Verstummen gebracht.

»Sandrin?«, raunte ich der Dunkelheit entgegen und war selbst überrascht, wie fest meine Stimme klang, wo mir doch eigentlich danach war, zu wimmern wie ein Vorschüler.

Etwas raschelte und fiel schwer zu Boden, gefolgt von einem Fluchen. Das war eindeutig eine weibliche Stimme.

»Sandrin?«, versuchte ich es ein weiteres Mal etwas lauter.

Das Geräusch von Schritten ließ mich erschrocken herumwirbeln. Aus großen Augen blickte mir meine Haushälterin entgegen, in der Hand einen alten Kerzenleuchter. Als ich nichts sagte, zog sie langsam die Brauen hoch. »Können Sie nicht schlafen?«

Ein erneutes Rumpeln hinderte mich daran, zu antworten, und lenkte unsere Aufmerksamkeit auf den dunklen Gang zu meiner Rechten, der zur Bibliothek und zum Arbeitszimmer im Seitenflügel führte.

»Haben wir noch Gäste?«, fragte ich mit belegter Stimme.

»Vielleicht die Katze?«, flüsterte das Hausmädchen. Ich bedachte sie mit einem zweifelnden Blick, woraufhin sie rasch die Schultern hochzog. »Wir haben hier einen kleinen Streuner, der sich manchmal ins Haus verirrt. Die Köche-« Das laute Zerbrechen von Porzellan ließ sie ihre restlichen Worte vergessen.

»Muss aber eine ganz schön fette Katze sein«, murmelte ich.

Ein Anflug von Panik huschte über Sandrins Gesicht, ehe sie die Augenbrauen zusammenzog, den Rock ihres Nachthemds raffte und wie eine Walküre den Gang entlangschritt.

Überrumpelt versuchte ich, mit ihr mitzuhalten, schließlich würde es kein gutes Bild auf mich werfen, wenn ich zuließe, dass eine junge Dame alleine einem Einbrecher entgegentreten würde. »Fräulein Sandrin, ich denke, Sie sollten nicht-«

Meinen Einwurf ignorierend zog das Mädchen die Tür zum Arbeitszimmer auf. Kalte Nachtluft riss an unseren Nachtgewändern. Ich schob mich heldenhaft vor meine Angestellte, um sie vor, was auch immer in dem Zimmer war, zu schützen.

Ich hob die Gaslampe höher, damit ihr Licht den Raum erhellte. Die kluge Sandrin hingegen wählte den Schalter neben der Tür. Ein Mechanismus, versteckt in Wand und Decke, surrte leise. Es dauerte zwei Atemzüge, bis der Impuls zum Kronleuchter gelangt war. Mit einem Klicken schlugen die Feuersteine aneinander und entzündeten eine Flamme, die sich an dem Ring unter der Decke entlang schlängelte.

Die Schatten wichen zurück und gaben den Blick auf ein durchwühltes, unordentliches Zimmer frei. Bücher waren aus den Regalen gerissen worden und lagen verstreut zwischen losen Blättern auf dem Teppich. Daunenfedern aus den Sofakissen schwebten noch durch die Luft. Eine Vase war zu Bruch gegangen und hatte ihren Inhalt auf dem Boden verteilt.

Mein Blick fiel auf ein zerrissenes Bild, hinter dem die schwere Tür eines Tresors

zu erkennen war. Vorsichtig stieg ich über das Chaos hinweg, um mir die Entdeckung genauer anzuschauen. Berghausen hatte mir nichts von einem Tresor im Haus erzählt – vielleicht wusste er selbst nichts davon.

Ich trat näher, nahm das zerstörte Bild ab und erstarrte. Tiefe Risse wie von Krallen zogen sich durch das Metall des Tresors und hatten ihn bis auf das Innenleben aufgeschlitzt. Drähte, Zahnräder und Bolzen quollen hervor. Ich erkannte dahinter Papier, Ordner und eine Schatulle, doch die Löcher waren zu klein für meine Hände, um die Schätze zu bergen. »Ich schätze, auf die herkömmliche Weise ist dieses Stück nicht mehr zu öffnen«, murmelte ich mehr zu mir selbst.

Sandrin – ganz das Hausmädchen – begann, ein paar Scherben aufzulesen.

»Wir sollten nach den Gendarmen schicken lassen.«

»Um diese Zeit?«, entfuhr es Sandrin. »Mein Herr, glaubt mir, wenn ich sage, dass Sie die Herrschaften zu dieser späten Stunde nicht belästigen sollten. Wenn ich es recht sehe, fehlt nichts. Ich werde gleich morgen früh nach ihnen rufen.«

Zweifelnd stieß ich einen Seufzer aus. Vielleicht hatte das Mädchen recht und wir hatten den Eindringling verscheucht, bevor er fand, wonach er suchte. Ich würde am nächsten Tag mit Berghausen eine Aufstellung aller Güter im Haus erstellen.

Bedächtig schritt ich über das Chaos am Boden hinweg, um den Schreibtisch herum zu der offenen Glastür, die auf eine Terrasse hinausführte. Kalter Wind schlug mir entgegen und ließ mich frösteln.

Als ich nach der Klinke griff, um sie zu schließen, bemerkte ich eine Bewegung draußen im Garten. Ein Schatten schien durch die Dunkelheit zu huschen. Meine Finger krallten sich so fest um die Klinke, dass die Knöchel schmerzten. Bevor ich reagieren konnte, war der Schatten verschwunden.

»Meine Liebe, ich denke, der Übeltäter verweilt noch im Garten und bewundert die Beete.«

Eine Spur zu hektisch richtete Sandrin sich auf. Ihrem Gesicht war sämtliche Farbe entwichen. Für einen Moment befürchtete ich, sie würde vor Angst in Ohnmacht fallen. Doch das tapfere Mädchen blieb stehen wie Johanna von Orleans.

»Mit Verlaub, Herr von Heerstein, das müssen Sie sich eingebildet haben! Welcher dumme Dieb würde noch im Garten darauf lauern, entdeckt zu werden? Vielleicht war es ein Tier? Füchse und Rehe aus dem nahen Wald verirren sich gelegentlich hierher.« Mir entging nicht, wie sehr ihre Hände zitterten. Dienten ihre Worte doch nur dazu, sich selbst zu beruhigen.

Rasch schloss ich die Tür, trat zu Sandrin und nahm ihre Hände, um sie beruhigend zu

drücken. »Ich werde Harald bitten, im Garten nach dem Rechten zu sehen. Sein finsterer Blick und die Flinte werden jeden Dieb vertreiben.«

3.

Ich verbrachte den Rest der Nacht in einem unruhigen Dämmerzustand zwischen Wachen und Traum. Jedes Geräusch ließ mich aufschrecken und erschuf in meinem müden Geist Ungeheuer, die durch das Herrenhaus jagten.

Als die ersten Sonnenstrahlen durch die Vorhänge brachen, gestand ich mir ein, dass ich fürs Erste keine Ruhe finden würde. Ich schlug die Decke beiseite und setzte mich auf, was mein Rücken mit einem schmerzhaften Protest bedachte.

Der Duft von Tee und frisch gebackenen Brötchen lockte mich aus meinem Zimmer hinab in die Küche. Meine entzückende Haushälterin war so in ihre Arbeit vertieft, dass sie mein Erscheinen im Türrahmen gar nicht bemerkte. Mit hochgekrempelten Ärmeln stand sie über das Waschbecken gebeugt und schrubbte dreckiges Geschirr.

Eine von Zahnrädern angetriebene Pumpe spülte durchgehend sauberes Wasser in das Becken und ließ kleine Seifenblasen aufsteigen. Surren, Plätschern und Klappern mischten sich zu einer Musik voller Tatendrang.

Seit meiner Ankunft hatte ich die Küche nicht betreten. Da ich wahrscheinlich noch nicht mal in der Lage war, einen Herd zu entzünden, ohne das Haus abzubrennen, war es kein sicherer Ort für mich. Dieser Raum

unterschied sich vom Rest meines Anwesens wie die Motte vom Zitronenfalter. Mir war, als befände ich mich an einem verzauberten Ort.

Kräuter hingen in fein geschnürten Bündeln von der Decke und verströmten den Geruch nach Lavendel und etwas Herbem, das ich nicht bestimmen konnte. Windschiefe Regale barsten vor Tiegeln, Döschen und Einmachgläsern. Die Mitte des Raums dominierte ein wuchtiger Holztisch. Die Maserung wirkte alt. Macken und Kratzer zeichneten eine einzigartige Karte und ließen mich erahnen, wie viel Leben schon in diesem Raum stattgefunden hatte. Auf der Tischplatte standen Körbe, die mit den verschiedensten Gemüsesorten überquollen. Ich begriff, dies war Sandrins Reich.

»Guten Morgen«, begrüßte ich das Mädchen und wurde mit einem spitzen Aufschrei belohnt. Mir war, als sähe ich die Schüssel eine Ewigkeit fallen, doch auch mein beherzter Sprung nach vorn konnte nicht verhindern, dass das gute Stück auf den Dielen zerschellte.

Sandrin stieß zischend die Luft aus und strich sich mit dem Handrücken über die Stirn, wobei sich Schaum in ihrem wirren Haar verfing. Ihre Wangen waren durch die Arbeit sanft gerötet und ließen sie strahlen. Das Hausmädchen fing sich, stemmte die Hände in die Seite und bedachte mich mit einem erbosten Blick. »Herr von Heerstein,

warum schleichen Sie sich heran wie ein hinterhältiger Dieb?«

Betreten rettete ich mich in ein Lächeln, war es nicht meine Absicht gewesen, ihr solch einen Schrecken einzujagen. Ihr Ausdruck erinnerte mich an meine alte Gouvernante. Augenblicklich fühlte ich mich wie ein kleiner Junge, der seine Schwester zum Weinen gebracht hatte, indem er ihre geliebte Puppe im Sekretär des Vaters eingeschlossen hatte. »Ich … also … das …«

Unbeholfen warf ich einen Blick zurück zum Türrahmen, als ob ich dort jemanden vorfinden könnte, der mir beistand.

Sandrins Augenbrauen beschrieben einen perfekten Bogen. Ich meinte, goldene Flecken in ihren Pupillen zu erkennen – wie Lichter im Blätterdach eines Waldes. Mich versetzte dieser Anblick weiter zurück in die Zeit, als ich als Kind zum ersten Mal eine hübsche Frau gesehen hatte. Dieser Moment hatte etwas Unschuldiges, Reines, ganz ohne Verlangen. Er war voller Faszination für einen auf die Erde gestürzten Engel. So hatte ich schon lange keine Frau mehr betrachtet. »Sie sehen reizend aus«, fasste ich meine Gedanken in Worte.

»Immerhin sind Sie ein charmanter, hinterhältiger Dieb.«

Ich zog meinen imaginären Zylinder und entlockte der Haushälterin ein Lächeln.

Gleichzeitig bückten wir uns nach den Scherben, doch Sandrin schob meine Hände beiseite. »Lassen Sie. Ich mache das schon.«

Protestierend öffnete ich den Mund, doch sie sprach ungerührt weiter. »Ihr Frühstück steht im Esszimmer bereit. Wenn Sie wünschen, lasse ich den Kamin entzünden. Die Zeitung liegt im Salon, falls Sie zu lesen wünschen.«

Ich erhob mich und beobachtete, wie Sandrin die großen Scherben einsammelte und in einen Eimer warf. Etwas hielt mich davon ab, die Küche zu verlassen. Der Gedanke, alleine an einem gewaltigen Esstisch zu verweilen, mit dem Ticken der Standuhr im Nacken, hatte etwas Bedrückendes. Nach den Ereignissen der letzten Nacht empfand ich es nicht als erfreulich, alleine zu sein. »Wenn ich ehrlich bin, würde ich gerne hier speisen. Bei Ihnen … mit Ihnen.« Auf ihre überraschte Miene hin, zog ich die Schultern hoch. »Oder haben Sie schon gefrühstückt?«

Sandrin schien nach dem Haken bei meinem Vorhaben zu suchen. Sie betrachtete mich argwöhnisch und rang um Worte. »Ich? Nein.«

Zufrieden klatschte ich in die Hände. »Dann sollten wir das tun. Schließlich sagt man, das Frühstück sei die wichtigste Mahlzeit des Tages. Warum zaubern Sie uns nicht einen Kaffee und ich decke den Tisch?«

Bevor ich ein Widerwort vernehmen konnte, eilte ich ins Esszimmer, räumte die vorbereiteten Speisen auf einen Servierwagen und brachte alles zurück in die Küche. Die Auswahl reichte von warmen, duftenden Küchlein über frisches Brot und Käse bis hin

zu gebratenem Speck, Rührei und Haferbrei mit Rosinen. Sandrin komplettierte es mit zwei dampfenden Tonbechern.

Ich schnupperte an der goldenen Flüssigkeit und schürzte die Lippen. »Kein Kaffee?«

»Verzeihung, Ihr Urururgroß … Ihr …«

Ich schmunzelte, war sie schließlich nicht die Erste, die über die Bezeichnung meines Verwandten stolperte.

»Er mochte keinen Kaffee«, rang Sandrin sich schließlich durch. »Deswegen haben wir keinen im Haus. Zu dem ist Tee gesünder und hat eine ebenso erfrischende Wirkung.« Sie prostete mir mit ihrem Becher zu und nippte daran.

Ich folgte ihrem Beispiel und trank ebenfalls. Eine Komposition aus Kräutern, Honig und Beeren erfüllte meinen Mund. Der Tee wischte die letzten Spuren der Müdigkeit fort und klärte meinen Verstand. Ungewollt entwich mir ein wohliger Seufzer, was Sandrin mit einem Lächeln quittierte.

»Ein wahrer Zaubertrank«, lobte ich und leerte gleich den halben Becher.

Mir war, als ob dem Mädchen die Gesichtszüge entglitten, doch im nächsten Atemzug senkte sie gerührt den Blick und griff nach einem der Küchlein. »Es ist eine kräftige Kräutermischung. Wenn man weiß, wie sie zuzubereiten sind, entwickeln sie erstaunliche Wirkungen.«

Interessiert spähte ich in den Becher. »Sie kennen sich mit Kräutern aus?«, fragte ich mit anerkennendem Ton.

Sandrin winkte ab und zupfte Stückchen aus ihrem Kuchen. »Meine Großmutter war Hebamme, mein Vater Apotheker.«

»Dann liegt es Ihnen im Blut«, folgerte ich.

Ein verträumtes Lächeln stahl sich auf Sandrins Züge. Sie zog die Schultern hoch, was sie wie ein kleines Mädchen wirken ließ. »Kann man so sagen, ja.«

Das Thema bedeutete ihr ihrer Reaktion nach viel. Ich verstand ihre Passion, schließlich ging es mir mit der Kunst nicht anders. Stundenlang konnte ich über die Pinselführung der Impressionisten debattieren oder die Farbwahl der Romantiker preisen. Sandrin genoss ihre Leidenschaft still, doch nicht weniger ambitioniert. Ein Umstand, der mich tief berührte. Die Gesellschaft dieser Frau gestaltete sich als angenehm.

»Wie kommen Sie an diese erstaunliche Auswahl?«, ermutigte ich sie, weiterzusprechen, und deutete auf die uns umgebenden Kräuterbunde.

Ihr Blick folgte meinem Wink, während sie kaute. »Die meisten finde ich im Wald hinter dem Haus. Frisch sind sie am besten, doch einige wachsen nicht ganzjährig. Dann trockne ich sie oder lege sie ein. Den Rest beziehe ich von einem Drogisten aus der Stadt.«

Aufmerksam lauschend füllte ich meinen Teller mit Rührei, Speck und Brot. Bei anregenden Gesprächen überkam mich stets der Appetit, so konnte man seine besten

Diskussionen bei gutem Essen und Wein führen. Und Sandrins Kochkünste als *gut* zu bezeichnen, war eine dreiste Untertreibung.

»Ich sitze am Tisch mit einer Gelehrten«, stellte ich zwischen zwei Bissen fest.

Ein Hauch von Röte legte sich auf Sandrins Wangen. Schüchtern strich sie sich durchs Haar, ehe sie weiter ihren Kuchen zerrupfte. Die Krümel verteilten sich mittlerweile vor ihr wie die Krumen von Hänsel und Gretel. Was würde ich entdecken, wenn ich der Spur folgte?

Ich streckte die Hand aus, versuchte, ein paar Krümel mit dem Finger aufzulesen, als ich das Knarren der Eingangstür vernahm.

»Herr von Heerstein?« Berghausens Stimme hallte durch den Flur. Er verwahrte einen Schlüssel des Anwesens und war als Gast in meinem Haus immer willkommen.

»Küche«, antwortete ich laut und kreuzte Sandrins Blick. Sie wirkte enttäuscht, doch sagte sie nichts.

Berghausen erschien in der Tür und zog seinen Zylinder. »Ein wundervoller Morgen!« Überrascht hielt er inne und betrachtete das Bild, das sich ihm bot. »Mein Termin hat kurzfristig abgesagt, da dachte ich, wir könnten uns an die Arbeit machen. Komme ich ungelegen? Störe ich?«

Erst jetzt bemerkte ich, dass meine Hand vertraulich nah bei Sandrins lag und womöglich einen romantischen Eindruck erwecken konnte.

Ich ballte die Finger zu Faust und lehnte mich zurück, um nebenbei meine Hand wegzuziehen. »Nur beim Frühstücken!«, antwortete ich mit einem charmanten Grinsen und deutete auf den Platz neben mir. »Kommen Sie, mein Bester! Gesellen Sie sich zu uns. Sie wissen bestimmt um die Kochkünste unserer Sandrin.« Ich zwinkerte dem Advokaten zu und biss, um meine Worte zu unterstreichen, in eine dicke Scheibe Brot.

Unsicher drehte Berghausen seinen Zylinder in den Händen. »Ein verlockendes Angebot«, räumte er ein. Sein Schnauzer wackelte, als er tief den Duft der Speisen einsog. »Leider muss ich Ihnen mitteilen, dass ich viele Unterlagen mitgebracht habe und wir uns am besten direkt daran machen, wenn Sie bei der anstehenden Vorstandsitzung einen Überblick haben wollen. Ich-«

»Papperlapapp!«, fuhr ich Berghausen über den Mund. »Mit leerem Magen lässt es sich schlecht denken. Nun nehmen Sie endlich Platz.«

Für einen weiteren Atemzug zögerte Berghausen, doch daraufhin ließ er die Schultern sinken und gab sich geschlagen. Männer wie er konnten gutem Essen nicht widerstehen. Hinzu kam die Wirkung, die ich auf andere hatte und die stets dafür sorgte, dass sie ihre Pflichten vergaßen und das Leben genießen wollten.

Berghausens Augen wurden schmal, als er grinste. »Ich denke, ein halbes Stündchen könnte ich vertreten.«

Das Bild am Kopfende der Tafel zeigte die Ansicht eines weitläufigen Tals und nahm die ganze Wand ein. Ein Fluss schlängelte sich vorbei an Feldern, durch grüne Hügel und verschmolz am Horizont mit dem Himmel. Die Arbeit war schlicht, doch elegant und verleitete den Betrachter durch ihre Größe dazu, darin zu versinken. Immer wieder erkannte ich Kleinigkeiten, die mir vorher nicht aufgefallen waren.

Gerade als ich die Schäfchen auf einer grünen Weide zählte, zerbrach das sonore Brummen um mich herum.

»Herr von Heerstein?«

Der genervte Unterton machte mir bewusst, dass man mich nicht zum ersten Mal ansprach.

Widerstrebend löste ich meinen Blick von dem Gemälde und wandte mich in die Richtung, aus der ich die Stimme vernahm. Sechs Herren gehobenen Alters saßen um den Tisch herum und schauten mich verärgert an. Es erinnerte mich unangenehm an meine letzte mündliche Abschlussprüfung im Studium, in der ebenfalls graue, verstockte Eminenzen versucht hatten, mich mit ihren Augen zu erdolchen, weil ich die Dreistigkeit besessen hatte, betrunken zum Termin zu erscheinen. Ihre Mienen waren noch finsterer geworden, als sie sich hatten eingestehen müssen, dass ich trotz des schweren Rotweins ein Kenner der Maltechniken der Antike war.

Nun allerdings sehnte ich mich nach eben diesem Wein und dem Gefühl von Leichtigkeit, das dessen Genuss in mir hinterließ. Ebenso war ich davon überzeugt, dass ein Referat über Temperatechnik und Farbpigmente diese Herrschaften nicht milde stimmen würde, obwohl es auf einen Versuch angekommen wäre.

Ich entschied mich trotzdem für ein demütiges »Verzeihung?«.

Einer der Männer zu meiner Linken – Alfred Meise - blähte die Backen und stieß die Luft ungeduldig aus. Dabei verrutschte sein Binokel. Auf der rechten Tischseite folgte ein ablehnender Laut sowie leises Getuschel. Nur Perlenbach behielt die Fasson, bedachte mich mit einem verständnisvollen Lächeln und räusperte sich.

»Richard«, er deutete auf den Herrn rechts von ihm, »interessiert Ihre Meinung zu der Erneuerung der Sägeanlage in Werk Nord.«

Man hätte mich genauso gut zu chemischen Formeln, medizinischen Begriffen, physikalischen Gesetzen oder dem Sinn des Lebens befragen können. Meine Antwort würde immer dieselbe sein. »Ähm … Ich …«

»Das ist reine Zeitverschwendung!«, polterte Meise und schlug mit der flachen Hand auf die Tischplatte, wobei sein Brillengestell wieder in gefährliche Schieflage geriet.

Ich zuckte unwillig zusammen und richtete mich in meinem Stuhl auf, war mir doch klar, dass ich der Auslöser für diesen Ausbruch war.

»Alfred, bitte«, murmelte Perlenbach und tippte sich in einer theatralisch anmutenden Geste an die Schläfe.

»Das ist ein furchtbarer Scherz«, echauffierte sich der Angesprochene weiter. »Es ist so lächerlich, dass ich damit kämpfe, nicht hysterisch zu werden wie ein Weib.«

Ich verschwieg, dass er bereits nah dran war. Bevor ich einen Einwand vorbringen konnte, ergriff Meise erneut das Wort.

»Ebenso könnten wir einem Bauern die Leitung unserer Geschäfte übertragen! Selbst im Tod gelingt es dem alten Franz noch, uns an der Nase herumzuführen.«

Dass er über mich sprach, als sei ich nicht anwesend, traf mich. Ich machte kein Geheimnis daraus, kein Geschäftsmann zu sein, aber seine Worte stellten eine unverschämte Beleidigung dar.

Ich entgegnete diesem Affront mit meinem üblichen Charme und hüllte mich in ein offenes Lächeln. »Ich bitte um Verzeihung, es liegt nicht in meinem Sinn, die Herrschaften mit weiteren Unannehmlichkeiten zu belasten. Meine Konzentration wurde nur von diesem eindrucksvollen Gemälde abgelenkt. Wie Sie vielleicht wissen, studierte ich in Berlin Kunstgeschichte. Und – wie soll ich sagen? - die Malerei bleibt meine Passion.«

Perlenbach klopfte dem Mann, den er zuvor Richard genannt hatte, lachend auf die Schulter. »Sieh an, das Bild deiner Frau

sagt einem Kenner zu. Darüber wird sie sich gewiss freuen. Und wer wären wir, wenn wir dachten, man lerne die Führung eines Unternehmens an nur einem Tag? Umgekehrt würde es wohl niemandem von uns gelingen, müssten wir von heute auf morgen eine Kunstgalerie führen. Nicht wahr?« Er ließ seinen Blick durch die Runde schweifen und erntete zustimmendes Gemurmel – bis auf Meise schienen alle überzeugt.

Mein größter Kritiker schnaubte entrüstet. »Ich würde es gar nicht erst versuchen. Brotlose Kunst und Kleckserei! Blenderei und Tand für ein argloses Frauenherz, nichts für die Leitung eines Unternehmens. Was ist, wenn er seine Anteile beim nächsten Kartenspiel verliert?«

Ich erstarrte. Eine unangenehme Stille erfüllte den Raum und alle Blicke wandten sich mir zu. Ich spürte, wie mir die Hitze in die Wangen stieg, und wäre am liebsten unter den Tisch gesunken, um diesem Tribunal zu entgehen.

Meise verbuchte mein Schweigen als Triumph und lächelte herablassend. »Überrascht es Sie, von Heerstein? Ich habe einen Onkel in Berlin, der mir über Sie telegraphierte. Sie sind ein Taugenichts, so bezeichnete er es. Ihr Vater jagte Sie aus dem Haus und Sie lebten auf der Straße. Mein Vetter traf Sie einst in einem Salon, wo Sie Ihr letztes Hemd verspielten und betrunken in der Gosse abgeladen wurden, da Sie Ihre Getränke nicht zahlen konnten.«

»Ich hatte eine Wohnung in einem aufstrebenden Künstlerviertel der Stadt«, erwiderte ich trotzig und faltete die Hände, um ihr Zittern zu verstecken.

Mein Kontrahent rümpfte die Nase. »Aber natürlich.« Er wandte sich an Perlenbach, den er offensichtlich als Vorsitzenden dieser Runde erkoren hatte. »Sein eigener Vater verwehrt ihm die Zusammenarbeit. Warum sollten wir dieses Risiko eingehen?«

Perlenbach hob beschwichtigend die Hände, schob seinen Stuhl mit fiesem Knarren zurück und erhob sich. »In den letzten Tagen und Wochen wurde viel diskutiert und der Verlust unseres alten Freundes trifft uns sehr. Zudem sitzen wir hier schon so lange, dass wir das Mittagessen versäumt haben. Wir sollten das Treffen für heute beenden, damit wir einen klaren Kopf bekommen …«, wobei er Meise mit einem kritischen Blick bedachte, »oder uns besser vorbereiten können.« Seine Augen wanderten zu mir.

Ich vernahm einen erleichterten Seufzer. Die anwesenden Herren folgten der Aufforderung und verließen den Tisch. Ich beeilte mich, es ihnen gleich zu tun. Gerade als mir ein Angestellter im angrenzenden Salon meinen Mantel reichen wollte, hielt Perlenbach mich zurück. »Auf ein Wort, mein junger Freund.«

Innerlich seufzte ich, doch blieb ich stehen und blickte den Älteren aufmerksam an. Er wartete, bis die anderen Männer uns verlassen

hatten, und entließ auch den Butler mit einem Nicken.

Wie ein alter Bekannter legte er den Arm um meine Schultern und schob mich zu einem runden Tisch, auf dem diverse Flaschen mit bernsteinfarbenen Flüssigkeiten drapiert waren. Er füllte zwei Gläser mit Weinbrand und reichte mir eines davon. Wortlos nahm ich es entgegen, prostete ihm zu und leerte es in einem Zug.

Perlenbach schwang sein Glas in der Hand und betrachtete mich väterlich. »Ich muss mich für Alfred entschuldigen. Schon in seiner Jugend war er hitzig und das Alter hat es nicht gemildert. Er redet offen. Eine Eigenschaft, die ich meist an ihm schätze, die aber in geschäftlichen Angelegenheiten oft unpassend ist.«

Entmutigt ließ ich die Schultern sinken und stellte mein Glas ab, um Perlenbach nicht in die Augen sehen zu müssen. »Leider hat Herr Meise ja recht. Mir liegt die Leitung einer Fabrik nicht.«

»Jeder Mensch hat seine Stärken und Schwächen. Ich empfände es als eintönig, wenn wir uns alle ähneln würden. Tatsächlich bin ich sogar der Ansicht, dass man diese Unterschiede fördern sollte.«

Ich horchte auf. »Wie meinen Sie das?«

»Wissen Sie, Männer wie Alfred und ich sind herausragend in wirtschaftlichem Denken. Männer wie Sie besitzen einen ausgezeichneten Sinn für die schönen Dinge des Lebens wie Kunst, Kultur, Wein und

erbauende Gespräche. Wir haben ein paar Bilder auf dem Speicher. Ich überlegte bereits, sie einer Galerie zu stiften, da sie dort oben nur verstauben. Vielleicht könnten Sie einen Blick darauf werfen und mir Ihre professionelle Meinung mitteilen. Alfred wäre dazu nicht in der Lage.« Seine letzten Worte untermalte er mit einem Schmunzeln.

Selbst ich fand mein Lächeln wieder und fühlte mich bei dem Angebot geehrt. »Es wäre mir eine Freude.«

»Wundervoll.« Perlenbach straffte seine Schultern und nickte zufrieden. »Vielleicht besprechen wir ein paar Dinge in entspannter Atmosphäre unter vier Augen.«

Misstrauen schlug eine Saite in mir an und ließ mich vorsichtig werden. Nachdenklich zog ich die Stirn kraus. »Und worüber genau?«, fragte ich geradeheraus.

Perlenbach wiegte den Kopf. »Wie wir einen Weg finden, dass sowohl Sie als auch ich unsere Talente besser einsetzen können. Von Heerstein, verstehen Sie mich nicht falsch.« Beschwörend hob er eine Hand und schmückte sich mit einem zu freundlichen Lächeln. »Wenn Sie ehrlich zu sich sind, gestehen Sie sich ein, dass Sie diese Aufgabe nicht reizt und Sie Ihre Zeit angenehmer verbringen könnten.«

»Das ist nicht schwer zu erkennen, nicht wahr? Trotzdem möchte ich mich dieser Herausforderung stellen.«

»Sehr löblich und es zeigt Ihr Engagement, doch wäre es eine Tragödie, wenn es sich am Ende als großer Fehler herausstellt. Oder irre ich da? Der gute Franz dürfte Ihnen ein ausreichendes Vermögen hinterlassen haben, um sich ein eigenes Lebenswerk aufzubauen.«

Ich dachte an die Zahlen, die mir Berghausen genannt hatte, und nickte, doch da war noch mehr, das konnte ich spüren. Es ging Perlenbach um etwas anderes.

»Es besteht die Möglichkeit, dass ich einige Ihrer Aufgaben übernehme, damit Sie sich auf andere Dinge konzentrieren können. Ein stattlicher Mann wie Sie sollte sich selbst verwirklichen. Haben Sie schon an eine Hochzeit gedacht?«

Da war der Haken!

»Wenn Sie uns besuchen, muss ich Ihnen unbedingt meine jüngste Tochter vorstellen. Sie ist etwas … einfach gestrickt, doch hübsch anzusehen und ein Engel am Klavier und der Geige. Sie würde Ihnen gut zur Seite stehen und teilt Ihre Neigung zur Kunst.«

Überrascht zog ich die Augenbrauen hoch und musterte mein Gegenüber, doch er schien nicht zu scherzen. »Es wäre mir eine Ehre Ihre Familie kennenzulernen, doch ich denke-«

»Also abgemacht. Ich werde Ihnen einen Boten mit einer offiziellen Einladung schicken, nachdem ich alles mit meiner Frau besprochen habe.«

Bevor ich Wiederworte geben konnte, klopfte Perlenbach mir auf die Schulter und ließ mich irritiert zurück.

Ich schob die schwere Eingangstür ins Schloss, lehnte mich dagegen und seufzte leise und mit geschlossenen Augen. Zu gerne hätte ich nach diesem desaströsen Tag ein verruchtes Etablissement aufgesucht, in dem Alkohol und Frauen halfen, zu vergessen.

»Herr von Heerstein?« Sandrins Stimme perlte zart durch die Stille in der großen Halle.

Ich hob den Blick und sah die junge Frau im Durchgang zum Salon stehen. Sie hielt den Kerzenleuchter in ihrer Hand höher und betrachtete mich mit gerunzelter Stirn. Der goldene Schein der Flammen brachte ihr Haar zum Lodern. »Es ist spät. Ich war gerade dabei, die Lichter zu entzünden. Haben die Herrschaften so lange getagt?«

Ich atmete tief ein und legte Mantel und Zylinder ab, bevor ich antwortete. »Die Sitzung selbst ging bis zum frühen Nachmittag. Danach musste ich mir über ihren Verlauf ein paar Gedanken machen und genoss die Frühlingssonne.«

Sandrin trat eilig näher, stellte den Leuchter beiseite und nahm mir Mantel sowie Hut ab, um sie an der Garderobe abzulegen. »Wollen Sie damit sagen, Sie sind hier her *gelaufen*?«

Ich spähte zu der Standuhr und gab ein leises Brummen von mir. »Fast fünf Stunden

frische Luft reichen offensichtlich nicht, um einen klaren Gedanken zu bekommen.«

»Sie müssen schrecklich erschöpft sein«, entfuhr es Sandrin. »Soll ich Ihnen eine Mahlzeit bereiten? Im Salon habe ich bereits ein Feuer entzündet.«

So viel Herzlichkeit ließ mich schmunzeln. Das wohlige Gefühl, in diesem Haus ein Heim gefunden zu haben, breitete sich in mir aus. Ich fühlte mich geborgen und geschützt vor den finsteren Blicken der empörten Geschäftsmänner.

»Das klingt perfekt, Sandrin.« Bevor das Hausmädchen davon eilen konnte, griff ich nach ihrer Hand und drückte sie sanft.

Aus großen Augen blickte Sandrin zu mir auf, ihre zarten Lippen zu einem O geformt, doch entzog sie sich mir nicht.

»Danke«, raunte ich und hauchte einen Kuss auf ihre Hand.

Sie kicherte wie ein kleines Mädchen, rettete sich in einen Knicks und schwebte mit wiegenden Röcken in die Küche.

Erst als ich allein war, erlaubte ich es mir, die Schultern sinken zu lassen und mir erschöpft die Augen zu reiben. Das Ende der Sitzung hatte einen festen Knoten in meiner Magengegend hinterlassen, der auch nach meinem Gewaltmarsch nicht weichen wollte. Unangenehm fühlte ich mich an meinen Vater erinnert, der mir oft vorgehalten hatte, was für ein unfähiger Lausbube ich wäre. Meine Geschäftspartner würden ihm wohl zustimmen.

Ich fasste den Beschluss, am nächsten Morgen einen Boten nach Berghausen zu schicken. Er würde mich schon lehren, was es hieß, ein Geschäftsmann zu sein – wenn ich so um eine arrangierte Ehe herumkam.

Beladen mit der Last der Sorgen betrat ich den Salon, ließ mich in einen der Sessel fallen und streifte mir die Schuhe ab. Ich erlaubte es mir, kurz die Augen zu schließen, und muss eingenickt sein, als mich das Klappern von Porzellan aufschreckte.

Sandrin platzierte ein Tablett auf einem Tischchen neben mir. In einer Terrine schwappte ein dicker Eintopf mit Wurzelgemüse und Speck. Dazu servierte sie eine Scheibe Brot und einen Becher Tee.

Am Rand des Tabletts ruhte meine Taschenuhr – frisch aufgezogen und poliert. Ein Teil meiner Vergangenheit, mit dem ich wundervolle Momente verband. Momente, die aus mir einen unerfahrenen Schwerenöter machten, keinen geschäftigen Ehrenmann.

Die Art, wie Sandrin mich betrachtete, war voller Sorge. Es schmerzte mich, sie so zu sehen, reichte es, dass ich mir Gedanken machte. Ihr hübsches Köpfchen musste sie sich deswegen nicht zerbrechen.

»Sie sind meine gute Fee, Sandrin. Ich weiß nicht, wie ich mich bei Ihnen bedanken soll. Nehmen Sie sich doch den Rest des Abends frei. Ich komme alleine zurecht.«

Zweifelnd schürzte die Haushälterin die Lippen. Sie dachte eine Weile nach, dann zog sie sich einen Hocker heran und nahm Platz. »Möchten Sie mir vielleicht erzählen, was Sie belastet?«

Ausweichend griff ich nach dem Tablett und balancierte es auf meinem Schoß. Der Eintopf verströmte einen würzigen Duft und erinnerte meinen Magen daran, dass ich zuletzt das Frühstück genossen hatte, doch Sandrins bohrender Blick hinderte mich daran, den Löffel aufzunehmen. »Die Lehre des Tages ist, ich bin kein Geschäftsmann.«

Sandrins Lächeln war wie der Sonnenaufgang an einem Sommertag. Zuerst zart, dann strahlend und einnehmend. Es verscheuchte die Schatten auf meiner Seele, sodass ich frei aufatmen konnte.

Liebevoll fuhr ich mit meinen Fingern über das Gehäuse der Taschenuhr. Ich konnte nicht verleugnen, wer ich war. Ich durfte es nicht. Meine Persönlichkeit bestand aus vielen Facetten und alle Zahnräder, Schrauben und Federn griffen wie dieses Uhrwerk perfekt ineinander, um etwas Einzigartiges zu schaffen. Ich würde meiner Persönlichkeit weitere Rädchen hinzufügen und sie so eines Tages perfektionieren.

»Ich fand sie heute Morgen, als ich Ihr Zimmer herrichtete«, erklärte Sandrin leise. »Ein hübsches Stück.«

Ich lächelte verträumt. »Ein kindisches Spielzeug.«

Sandrin schüttelte entschieden den Kopf. »Da muss ich Ihnen widersprechen. Ich empfinde es als Handwerkskunst. Es war zu schade, dass sie nicht richtig funktionierte. Also schickte ich Harald damit in die Stadt zum Uhrenmacher.« Erschrocken über ihre eigenen Worte fuhr sie zusammen und faltete die Hände vor der Brust. »Ich hoffe, ich bin damit nicht zu weit gegangen. Ich wollte nicht … Ich dachte …«

Rasch hob ich eine Hand, um das Gestammel des Mädchens zu unterbrechen. »Das war längst überfällig. Ich danke Ihnen.«

Ein erleichterter Seufzer kam über ihre Lippen. »Wollen Sie sie nicht einmal fliegen lassen?«

Ich griff nach der Uhr, drehte sie und ließ die silberne Kette durch meine Finger gleiten. Entschieden steckte ich sie in meine Westentasche. »Ein anderes Mal. An einem besseren Tag.«

Sandrin nickte verständnisvoll. Fließend erhob sie sich. Ganz die gute Hausangestellte, hatte sie verstanden, dass mir nicht nach reden war, und so folgte sie meiner indirekten Bitte, sich zurückzuziehen. Sie legte ihre Hand auf meinen Unterarm und strich mit dem Daumen über den Stoff meines Jacketts. »Sie fechten Ihre Probleme lieber selbst aus. In dem Punkt sind Sie dem alten Heerstein ähnlich.« Mit einem Nicken deutete sie auf den Becher. »Ich habe Ihnen einen Tee zur

Entspannung aufgegossen. Er wird Ihnen gut tun. Ich lasse Ihnen außerdem ein Bad ein. Das sollte die letzten Sorgen fortspülen. Wenn Sie noch etwas brauchen, finden Sie mich auf meinem Zimmer.«

Ich nickte dankbar, zu ergriffen, um die richtigen Worte zu finden. Ein sanfter Schauer durchfuhr mich, als Sandrin ihre Hand von mir löste und das Zimmer verließ.

4.

Ich tauchte aus dem wohligen Nebel eines tiefen Schlafs auf. Der Gesang von Vögeln klang paradiesisch und goldenes Licht drang gedämpft durch die schweren Vorhänge. Eine Weile lag ich still da und beobachtete den im Lichtstrahl tanzenden Staub.

Meine Erinnerungen an den vergangenen Abend verschwammen und entwichen immer wieder meinem Griff.

Nun fühlte ich mich erfrischt und voller Kraft. Mir schien jedes Problem, das der neue Tag für mich bereithielt, lächerlich.

Obwohl ich gerne noch etwas zwischen den Daunen verweilt hätte, streckte ich mich und stand auf. Um die Sonne zu begrüßen, zog ich die Vorhänge beiseite und öffnete die schmale Balkontür. Ein frischer Frühlingswind verfing sich in meinem Mantel und ließ mich erzittern.

Dieser Tag würde etwas Besonderes werden – das konnte ich spüren. Freudig sog ich die Luft ein und klatschte in die Hände.

Eine Bewegung am Rand meines Sichtfelds ließ mich innehalten. Ich blinzelte, lehnte mich langsam vor und spähte in den Garten, doch konnte ich nichts erkennen. Möglicherweise nur ein Vogel? Oder ein Eichhörnchen? Der Einbruch schien nicht nur bei Sandrin Spuren hinterlassen zu haben.

Leise lachte ich über mein eigenes Verhalten. Gerade als ich mich abwenden und ins Zimmer zurückkehren wollte, nahm ich

erneut etwas wahr. Ich wirbelte herum und sah, wie ein Schatten hinter einem hübsch beschnittenen Busch verschwand.

Ein unschicklicher Fluch kam mir über die Lippen. Ohne Zeit zu verlieren, rannte ich durch mein Zimmer, den Flur entlang und die Treppe hinab. Ich erinnerte mich an Sandrins Worte über Haralds Vorkehrungen nach dem Einbruch und zog die Flinte hinter der Standuhr hervor.

»Sandrin!«, brüllte ich durch die leere Halle. »Schicken Sie nach den Gendarmen! Wir haben einen unerwünschten Gast im Garten!«

Der Umgang mit einer Waffe war mir nicht fremd. Als Jugendlicher hatte ich meinen Onkel gelegentlich zum Tontaubenschießen begleitet. Während ich durch den Salon zur Terrasse eilte, kontrollierte ich, ob die Flinte geladen war, und entsicherte sie.

»Herr von Heerstein?! Was?« Sandrin kam mit gerafften Röcken hinter mir her.

»Bleiben Sie zurück!«, befahl ich dem Mädchen und trat in den Garten.

»Aber …«

Ich ignorierte ihre Einwände, fixierte den verdächtigen Busch, zielte und schoss eine Handbreit über das Gewächs hinweg. Der Schuss knallte durch die Stille des Morgens wie ein Kanonenschlag, dicht gefolgt von zwei spitzen Schreien.

Der eine ertönte hinter mir, was ich ganz klar Sandrin zuordnete. Die Quelle des zweiten befand sich hingegen hinter dem Busch.

»Ha! Hab ich dich, du dreckiger Schuft! Komm raus oder ich treffe beim nächsten Mal!«

»Herr Gott, von Heerstein! Was soll dieser Unsinn!«, herrschte Sandrin und stampfte neben mir wütend auf.

Irritiert ließ ich die Flinte sinken. »Fräulein Sandrin, ich …«

»Verflucht! Sind Sie etwa nackt?« Sie riss die Hände vor ihr Gesicht und wandte sich beschämt ab. »Sind Sie völlig verrückt geworden?«, drang es dumpf unter ihren Händen hervor.

Beschämt blickte ich an mir herab und musste zu meiner Schande feststellen, dass sich, während ich hinausgestürmt war, mein Morgenmantel geöffnet hatte und mich nun zeigte, wie der Herr mich schuf. Es gelang mir, mit einer Hand den Mantel zu schließen. »Ich gebe zu, dass diese Situation verstörend wirken könnte«, gab ich zerknirscht zu.

Sandrin warf einen schüchternen Blick über die Schulter und atmete auf, als sie feststellte, dass ich mich bedeckt hatte.

»Ich hoffte, den Eindringling zu stellen. Dabei wollte ich Sie nicht mit meinem Anblick in eine unangenehme Situation bringen. Ich habe mich vergessen und bitte um Verzeihung.«

Sandrin öffnete den Mund, doch es war die Stimme hinter dem Busch, die statt ihrer antwortete: »Gib zu, Sonnenkind. So schlimm war der Anblick nun nicht.«

Erschrocken riss ich die Waffe wieder hoch, während Sandrin den Kopf in den Nacken warf und leise aufstöhnte.

»Ich verbitte mir solche Kommentare«, belehrte ich den Busch. »Und nun treten Sie endlich hervor und geben sich zu erkennen. Ein weiteres Mal bitte ich Sie nicht so höflich.« Vor Anspannung hielt ich den Atem an. Meine Hände zitterten. Es war das eine, auf leblose Tonscheiben zu zielen, doch etwas ganz anderes, auf einen echten Menschen anzulegen. Es versetzte mich in Panik.

Sandrin wirkte schockiert. Sie trat auf mich zu und legte mir eine Hand auf den Arm. »Herr von Heerstein, bitte. Nehmen Sie die Waffe herunter.«

Mein Blick huschte von dem Busch zu dem Hausmädchen. Zorn wallte in mir auf. Ich drückte die Schultern durch und funkelte meine Angestellte fordernd an. »Jetzt hören Sie endlich auf, sich so eigenartig zu benehmen!«

Die Angesprochene zuckte zusammen, was mir einen Stich versetzte. Es gab keinen Grund, sie so grob zu behandeln.

Doch meine Worte fielen auf fruchtbaren Boden. Ich erkannte, wie sie sich dazu durchrang, mir zu antworten. Fahrig strich sie sich ihre Haare zurück. »Sie werden nicht schießen, Herr von Heerstein?«

Die Sanftheit in ihrer Stimme machte mir das Herz schwer. Was ihr auf der Seele lag, preiszugeben, verlangte viel von ihr ab. Ich biss mir auf die Unterlippe und nickte.

»Morera!«, rief das Hausmädchen, ohne mich aus den Augen zu lassen. »Komm raus.«

Ein Rascheln hinter dem Busch zog meine Aufmerksamkeit auf sich. Die Zeit dehnte sich aus, jeder Moment zog sich länger, jeder Atemzug wurde unendlich. Zuerst war es nur eine Hand, die sich vorsichtig um den Busch herumtastete. Ihr folgte ein schlanker Arm, eine nackte Schulter und ein Meer aus weißen Blüten. Meine Erziehung vergessend, starrte ich mit offenem Mund die junge Frau an, die aus ihrem Versteck kam. *Eine Blume*, schoss es mir durch den Kopf. Schön und zerbrechlich, doch auch wild und stark.

Die Fremde war nackt und schämte sich dafür offensichtlich nicht. Ihre Haut spannte sich über die zarten Glieder und zeigte deutlich jeden Muskel. Sie hatte einen warmen Nusston und eine Maserung wie frisch bearbeitetes Holz. Nur wenige Stellen ihres Körpers waren mit Efeu bedeckt, sodass meinem Verstand Luft für Phantasien und Träumereien blieb. Dünne Äste mit feinen, silbrigen Blättern trug sie als Haar. Es raschelte leise bei jedem Schritt.

Ich sog ihren Anblick in mir auf wie ein Ertrinkender. Ihre vollen Lippen mit der Farbe von Beeren. Ihre schlanken Hüften, die ich mit meinen Armen umschlingen wollte. Ihre schwarzen Augen, in denen die Träume dunkelster Nächte lagen. Dieses Wesen war fleischgewordene Lust!

Ein Räuspern holte mich in die Realität zurück. Ich löste meinen Blick von den üppigen Brüsten und blinzelte benommen.

Sandrin verschränkte die Arme vor der Brust und zog mahnend ihre Augenbrauen zusammen. Zum wiederholten Male erinnerte sie mich an mein altes Kindermädchen und damit auch an meine bis jetzt verdrängten Manieren.

»Konstantin Balthasar von Heerstein, ich möchte Ihnen Morera vorstellen. Tochter des Pan, Dienerin der Göttin, Wächterin des verborgenen Hains und Freundin der Familie.« Sie wandte sich an die Fremde. »Herr von Heerstein ist der Erbe der Ländereien.«

Überrascht zog ich die Nase kraus, klang meine Vorstellung gegen den Titel der Schönheit vergleichsweise mickrig und wenig beeindruckend. Wie konnte Sandrin mich nur so schmälern?

Um meine Ehre wiederherzustellen, legte ich die Flinte eilig ins Gras und trat auf Morera zu. Charmant deutete ich eine Verbeugung an und reichte ihr die Hand. »Meine Dame, es ist mir eine Freude, Ihre Bekanntschaft zu machen.«

Morera bedachte meine angebotene Hand mit einem süffisanten Lächeln, machte aber keine Anstalten, danach zu greifen. Stattdessen musterte sie mich interessiert aus großen Augen. Wortlos ließ ich es über mich ergehen, aber als sie nach einer Weile immer noch nichts sagte, warf ich einen Blick zu Sandrin.

Die lächelte unsicher. »Morera sind viele unserer Bräuche und Gepflogenheiten fremd und nicht nachvollziehbar.« Vielsagend deutete sie zuerst auf ihr eigenes Kleid, dann auf ihre Bekannte.

»Oh!« Nur mit großer Anstrengung gelang es mir, es nicht als Aufforderung zu verstehen, die fast nackte Frau weiter zu begaffen. Stattdessen zupfte ich unbeholfen an meiner spärlichen Kleidung. »Nun, ich würde Ihnen ja meinen Mantel anbieten, aber das würde diese verrückte Situation noch unangenehmer machen.«

Nachdenklich legte Morera den Kopf zur Seite. »Da wäre nichts, was wir nicht schon gesehen hätten, nicht wahr?« Die Worte perlten wie Champagner über ihre Lippen. Sie formte sie mit Bedacht, als ob ihr der Klang der Sprache fremd war. Sie kicherte leise. »Sandrin, du hast recht. Er ist ein ansehnlicher Mann.«

Augenblicklich schoss sowohl Sandrin als auch mir die Röte ins Gesicht. Ich schluckte gegen einen gewaltigen Kloß in meinem Hals an und rang nach Worten, doch brachte ich nur zusammenhangloses Gebrabbel zustande.

»Ich … also … vielleicht«, versuchte Sandrin mir ungelenk auszuhelfen. Sie atmete tief durch und warf flehend die Arme gen Himmel. »Vielleicht sollten wir zuerst reingehen. Ich brauche einen Tee. Oder Weinbrand.«

Kurze Zeit später betrat ich bekleidet mit meinem edelsten Zwirn den Salon, wo die beiden Damen auf mich warteten. Sandrin saß unschicklich auf der Armlehne eines Sessels und schwenkte, wie zuvor von ihr angedroht, ein Glas mit Weinbrand in der Hand. Die Flasche stand geöffnet neben ihr auf einem Tischchen. Obwohl ich gestehen musste, dass ich mehr Verlangen nach einem ihrer erfüllenden Tees hatte, nahm ich mir ein Glas von der Anrichte und schenkte mir ebenfalls ein.

Vor dem Gemälde meines Verwandten stand Morera – selbst ein Kunstwerk – und war darin versunken. Im Gegensatz zu mir hatte sie sich gegen Kleidung entschieden. Da sie mir den Rücken zuwandte, fiel mein Blick auf ihren wohlgeformten Hintern.

Um meine Nervosität zu überspielen, trank ich mein Glas in einem Zug leer. Kommentarlos füllte Sandrin nach. Wir tauschten einen ratlosen Blick.

Schließlich war ich es, der zuerst seine Stimme fand. »Mag mir eine der Damen nun erklären, was hier vor sich geht?«

Prompt stellte Sandrin ihr Glas weg, griff stattdessen nach der Flasche und trank mehrere große Schlücke. Nach kurzer Überraschung ließ mich ihr Verhalten schmunzeln. Es hatte einen gewissen Reiz, wenn Frauen sich so gar nicht damenhaft benahmen. Eine innere Stimme verriet mir, dass ich die Haushälterin falsch eingeschätzt

hatte. In ihr steckte mehr, als auf den ersten Blick deutlich wurde.

Bevor sie den Weinbrand leeren konnte, entwand ich ihr die Flasche. »So schlimm?«, vermutete ich.

»Eigentlich nicht«, gab Morera schulterzuckend zu. »Die meisten deiner Art sind nur zu engstirnig, um es zu glauben.«

»Ich bin nicht wie die meisten.«

Zum wiederholten Male an diesem Tag taxierte Morera mich aufmerksam. Ihr Gesicht verriet nicht, ob ihr gefiel, was sie sah. Ich erkannte in ihr nur unbändige Neugierde.

»Morera ist … ein Waldgeist«, begann Sandrin zögernd und fuhr sich über die Augen. Sie ließ sich auf die Sitzfläche des Sessels rutschen, die Beine immer noch über die Lehne baumelnd.

»Dryade«, verbesserte Morera und stemmte die Hände in die Hüften, was Sandrin mit einem Drehen ihrer Augen quittierte.

»Waldgeist?«, fragte ich lachend. »Sie meinen wie in Shakespeares Sommernachtstraum?«

»Nicht ganz so selbstverliebt wie Titania, doch nah dran«, bemerkte Sandrin kichernd. Der Alkohol färbte ihre Wangen rot und verklärte ihren Blick.

»Wer ist Titania?«, wollte Morera wissen.

Ich winkte ab und gab einen genervten Laut von mir. Entschieden wandte ich mich an Sandrin. »Was soll das heißen? Dryade? Und warum ist sie hier?«

Sandrins umnebelter Geist schien zu begreifen, dass ich an ernsten Antworten interessiert war. Sie zog die Beine von der Lehne und setzte sich aufrecht hin.

»Herr von Heerstein, was wissen Sie über Magie?«

»Ich denke, Sie sprechen nicht von einfacher Fingerfertigkeit, wie eine Münze einer Dame aus dem Ohr ziehen.«

Ihr ernstes Kopfschütteln erweckte den Wunsch in mir, mich ebenfalls zu setzen. Ich entschied mich für den Sessel ihr gegenüber.

Nachdenklich kaute Sandrin auf ihrer Unterlippe. Ich gab ihr einen Moment, um die richtigen Worte zu finden.

»Magie ist das Umwandeln und Lenken von Energien. Das beginnt im Kleinen durch das Brauen einer Teemischung und endet in großen Ritualen. Auf der ganzen Welt gibt es Orte, an denen diese Energien stärker sind. Einer davon ist der Hain hinter Ihrem Haus.« Sie machte eine Pause, um zu ergründen, ob ich ihr noch folgte, was ich mit einem Nicken bestätigte.

»Solche Orte ziehen magisch sensible Wesen an.«

»Dryaden«, folgerte ich.

Sandrin wiegte den Kopf. »Zuerst einen Pan, einen Herrn des Waldes. Wenn man so will, ihr König. Sein Gefolge sammelt sich später um ihn. Feen, Nymphen, Gnome, Sylphen.«

Bei der Nennung der letzten Art von Wesen gab Morera einen angewiderten Laut von sich. »Elende Luftgeister.«

»Dryaden und Sylphen stehen sich nicht sehr nahe?«, wagte ich einen Schuss ins Blaue.

Sandrin ballte die Hände und schlug die Fäuste gegeneinander. »Gegenteilige Elemente. Erde und Luft. Es ist eine Art Hassliebe wie unter Geschwistern.«

»Und welche Rolle spielen Sie in diesem Theater? Sind Sie der Puck?«, versuchte ich, die Fäden zusammenzuführen.

Sandrin hob unter einem tiefen Atemzug die Schultern. Ihr schien diese Frage am meisten Unbehagen zu bereiten. »Ich bin eine Verbindung zwischen den Welten, eine Art Bindeglied. Meine Aufgabe ist es, den Hain und all seine Wesen vor den Menschen zu schützen. Ich bin …« Sie sträubte sich, es auszusprechen, weil ihre Worte es real machen würden, und blickte nachdenklich zu der Dryade.

»Sie ist unsere Wächterin, unsere Druidin. So wie schon Generationen ihrer Familie zuvor.«

»Druidin?«, entwich es mir mit schriller Stimme. »Eine Art Hexe?«

Verärgert runzelte Sandrin die Stirn. »Ich verbitte mir den Vergleich mit diesen Scharlataninnen.«

Ich strich mir grübelnd über das unrasierte Kinn. »Das verstehe ich noch nicht alles, aber ein Rätsel scheint mir am dringlichsten. Was macht die verehrte Dame Morera *hier*?« Dabei deutete ich auf den Zimmerboden. »In welchem Zusammenhang steht sie mit den von Heersteins.«

Es war die Dryade, die mir antwortete. »Ihr Menschen glaubt daran, dass ein Stück Papier das Eigentum an einem Fleck Land dokumentiert.«

»Sie sprechen von einem Grundstücksvertrag.«

Morera lachte und es klang wie das Rauschen von Laub. »Wie kann ein Pergament erklären, dass euch etwas gehört?«

Mit einem Wink ihrer Hand gab Sandrin der anderen zu verstehen, den Mund zu halten. »Der Hain und das Land, das ihn umgibt, ist sehr kostbar, sowohl für die Menschen als auch für die Waldgeister. Viele machten unverschämte Angebote, um das Grundstück zu erstehen. Der alte von Heerstein wusste um die Magie in dem Wald und beschloss, sie zu schützen.«

Der größte Knoten löste sich in meinem Verstand und verknüpfte stattdessen neue Zusammenhänge. Ich begriff, dass es Morera war, die mein Arbeitszimmer verwüstet hatte. »Sie befürchten, ich könne das Land verkaufen!«

Die Damen nickten synchron.

»Und bei dem Einbruch suchten Sie nach der Urkunde.«

Wieder kam ein duales Nicken.

»Die allerdings in der Obhut von Berghausen ist«, wandte ich ein und lehnte mich zurück.

Die Frauen tauschten einen raschen Blick. Sandrins sprach deutlich: *Ich hab es dir doch gesagt.* Morera beließ es bei einem Naserümpfen und warf sich ihr silbernes Blätterhaar über die Schulter.

»Nun, da das ja geklärt ist, würde ich Sie bitten, von weiteren Raubzügen durch mein Anwesen abzusehen«, bat ich die Dryade, die zog nur pikiert eine Augenbraue hoch.

»Nicht bevor ich habe, was ich will.«

Ich lachte leise. »Sie wollen immer noch …«

»Ich werde nicht zulassen, dass der Wald in die falschen Hände gelangt!« Mit geballten Fäusten stampfte die Dryade auf mich zu und baute sich drohend vor mir auf. In ihren schwarzen Augen funkelte unbändiger Zorn. Ihre Leidenschaft überflutete mich und drückte mich tiefer in den Sessel.

Ein solch emotionales Verhalten war mir fremd. In der Gesellschaft gehörte es zur Etikette, seine Gefühle zurückzuhalten und stets überlegt zu handeln. Schon als Kind lernte man, jeden Affront charmant wegzulächeln. Es war erfrischend, auf jemanden zu treffen, der kein Geheimnis um seine Gedanken und Emotionen machte.

Ich räusperte mich und setzte mich auf, als Zeichen, dass ich mich nicht von dem furienhaften Verhalten einschüchtern ließ. »Aktuell befindet sich der Wald in meinen Händen, meine Beste. Und, mit Verlaub, daran wird sich so schnell nichts ändern.« Mit einem sanften Lächeln erhob ich mich und stand der Dryade so näher, als eigentlich schicklich war, doch Morera wich nicht zurück.

»Ich habe kein Interesse daran, den Wald zu verkaufen, glauben Sie mir. Sie sind dort in Sicherheit.«

Misstrauisch verengte Morera die Augen. Sie zog eine Schnute, als ob sie auf etwas Saures gebissen hätte. »Ich vertraue dir nicht. Schließlich kenne ich dich nicht.«

Betroffen legte ich die Hand auf mein Herz. »Ihr Argwohn betrübt mich, obwohl er nachvollziehbar ist. Ich schlage Ihnen einen Handel vor.«

Nun machte Morera einen Schritt zurück und taxierte mich von oben bis unten. »Auf einen Vorteil bedacht?«, zischte sie, doch das linkische Lächeln in ihrem Gesicht nahm den Worten ihre Schärfe.

»Das liegt in der menschlichen Natur«, gab ich schulterzuckend zu und verschränkte die Arme hinter dem Rücken.

»Also, wie gestaltet sich dein Handel?« Sie wedelte unruhig mit der Hand.

»Wir lernen uns kennen.«

Sandrin schnellte hoch wie eine gespannte Feder. »Könnte ich auch etwas dazu sagen?«

Sowohl Morera als auch ich überhörten den Einwand.

»Sie schenken mir einen Teil Ihrer kostbaren Zeit. Wir plaudern, tauschen uns aus. Ich zeige Ihnen meine Welt, Sie mir wiederum Ihre. Und wenn …« Ich hob einen Zeigefinger, um die Bedeutung meiner Worte zu unterstreichen. »Wenn es mir zusagt, was ich über Sie erfahre, vermache ich Ihnen die Besitzurkunde.«

Interessiert lehnte Morera sich vor, bis unsere Nasenspitzen sich beinahe berührten.

Der Duft von Holunder gemischt mit frisch geschnittenem Gras umgab sie und erinnerte mich an einen warmen Sommertag.

»Ist das eine Falle?«, knurrte sie und ließ keinen Zweifel daran, dass sie mich bei einem falschen Wort in der Luft zerfetzen würde. Der Zustand des Tresors machte klar, dass ihr das zuzutrauen war.

»Sie haben das Ehrenwort eines Gentleman«, warf ich ein und reckte das Kinn. Ihre Mimik machte mir allerdings deutlich, was sie von meinem Wort hielt. »Nun, und wir haben Sandrin an unserer Seite. Als Druidin wird sie es nicht zulassen, dass ich euch betrüge. Nicht wahr?« Ich warf dem Hausmädchen einen flehenden Blick zu.

Sandrin zögerte, die Hände in den Stoff ihres Rocks gekrallt. Sie hielt es offensichtlich für keine gute Idee, doch plötzlich nickte sie. »Natürlich.«

Morera grübelte und fuhr sich dabei mit der Zunge über die Lippen. So nah wie sie mir war, glich diese Geste einer Aufforderung, sie zu küssen. Zu gerne wäre ich dem nachgekommen. »Ich bekomme die Papiere?«

»Ich schwöre es.«

Liebster Bruder,
wie immer bist du für eine Überraschung gut. Seit Mutter das Telegramm von Herrn Berghausen erhielt, ist sie ganz aufgebracht. Vater gelingt es kaum, sie zu beruhigen, bringen ihn die

Nachrichten immer wieder selbst aus der Fassung. Im Gegensatz zu unserem Bruder, der zu einer Salzsäule erstarrt ist.

Ich weiß, dass es die Aufgabe unserer Eltern gewesen wäre, dir zu schreiben, doch konnte ich mich nicht gedulden. Mein lieber Konstantin, du weißt gar nicht, wie sehr ich mich für dein Glück freue. Ich sagte dir früher, dass du eines Tages deinen Weg finden wirst, dass es einen Platz für einen Mann wie dich gibt, den du voller Glanz ausfüllen wirst.

Ich wünsche dir von ganzem Herzen, dass du diesen Ort in Essen gefunden hast. Sobald es meine Verpflichtungen zulassen, werde ich dich besuchen.

Bitte telegraphiere du den Eltern. Ich habe den Verdacht, ihr Stolz steht ihnen im Weg, sich ihrem verlorenen Sohn zuzuwenden.

Voller Liebe,
Emilia

Mit finsterer Miene faltete ich den Brief und legte ihn neben die Tageszeitung auf den Tisch. Noch nie hatten mich so wenige Worte so zerrissen.

Zum einen vermisste ich meine Schwester schmerzlich. Sie war immer schon die strahlende Sonne in meinem Leben gewesen und erfüllte mit ihrer positiven Art die dunkelsten Schatten meiner Seele. Ich wusste, dass sie es ehrlich meinte und nur das Beste für mich im Sinn hatte.

Zum anderen riss sie die Wunden der Beziehung zu meinen Eltern auf. Hatten sie mich erst verstoßen und verleugnet, so war ich nun ein angesehener Mann mit einem beachtlichen Vermögen. Eine gute Partie, wenn man so wollte. Aus dem faulen Taugenichts war ein strahlender Prinz geworden. Natürlich passte ihnen das gar nicht. Sich nun die Blöße geben und beim eigenen Sohn angekrochen kommen? Um Verzeihung bitten? Eher fror die Hölle zu.

Trotzdem hatte mein Schwesterherz recht. Es handelte sich immerhin um meine Eltern. Familie konnte man sich nicht aussuchen, aber man war ihnen immer verbunden. Vielleicht war es an der Zeit, das Kriegsbeil zu begraben. Doch die Vorstellung, die Genugtuung im Blick meines Vaters zu sehen, wenn er begriff, dass ich nichts von den Geschäften verstand, hielt mich zurück.

»Sie wirken besorgt«, riss Sandrins Stimme mich aus meinen Grübeleien.

Ertappt schaute ich auf, versuchte, ihre Feststellung mit einem Lächeln zu überspielen. »Ich dachte gerade an meine Schwester. Ihr reizendes Wesen fehlt mir. Sie würden sie mögen.«

»Lässt sie sich auch auf Pakte mit magischen Kreaturen ein?«, fragte Sandrin unschuldig und reichte mir frischen Tee.

Ich bedachte sie mit einem tadelnden Blick. Das Hausmädchen hatte ihren Unmut über

meine Abmachung mit Morera in den letzten Tagen nicht verbergen können. Den Grund für ihr Verhalten verriet sie mir allerdings nicht.

»Belastet es Sie, dass ich Ihr Geheimnis kenne?«

Nun war es Sandrin, die ertappt wirkte. Eilig wischte sie ihre Hände an der Schürze ab und räusperte sich. »Warum sollte es mich belasten? Wem sollten Sie davon erzählen? Es würde Ihnen niemand glauben.«

Grübelnd lehnte ich mich zurück. »Damit haben Sie wohl recht. Warum also Ihr Unbehagen?«

Sandrin fixierte einen Punkt hinter mir. Ihre angespannte Stimmung wich einem Strahlen, das mich – wie ich zugeben musste – ebenfalls zum Lächeln brachte. Ich mochte es, wenn diese unscheinbare Frau aufblühte. Jeden Tag entdeckte ich etwas Neues an ihr. Nun war es ein kleines Grübchen, wenn sie lachte.

Widerwillig wandte ich mich von der Haushälterin ab und spähte über die Schulter, um zu ergründen, was wohl ihre Aufmerksamkeit auf sich gezogen hat.

Eine geisterhafte Erscheinung schwebte über das Gras auf uns zu. Morera schien kaum den Boden zu berühren. Die Gänseblümchen neigten ihr die Köpfe zu und schwangen seufzend zurück, wenn sie an ihnen vorbei war. Wie Diamanten funkelten die silbernen Blätter in ihrem Haar in der Morgensonne. Ihr Gewand bestand erneut aus einer

Komposition aus sorgsam platzierten Ranken und Blättern. Tautropfen perlten auf ihrer braunen Haut.

Ich sprang auf, schmiss dabei den Stuhl um wie ein unerfahrener Jüngling. Mein Herz raste und pumpte Blut in meine Wangen. Kein Künstler hätte es vermocht, diese Schönheit einzufangen.

»Morera, welch angenehme Überraschung«, begrüßte ich den Gast überschwänglich.

Sie lächelte warm, doch ich bemerkte, dass es nicht mir galt. Ohne mich zu beachten, ging sie an mir vorbei zu Sandrin, nahm das Gesicht des Mädchens zwischen ihre Hände und lehnte ihre Stirn an die der anderen. Beide schlossen für einen Moment die Augen.

»Die Stimmen des Waldes begleiten dich, Kind der Sonne.«

»Die Kräfte des Wächters dienen dir, Kind des Pan«, antwortete Sandrin und griff mit ihren Händen nach denen der Dryade. Die Frauen tauschten einen Blick, der in mir eine Ahnung davon weckte, wie vertraut und innig ihre Beziehung war.

Erst als sie ihr Ritual beendet hatte, wandte sich Morera mir zu. Sie taxierte mich ausgiebig wie ein Studienobjekt. Was die Neugierde betraf, stand sie mir in nichts nach.

Ein Schmunzeln kräuselte ihre Lippen. »Ich werde nie verstehen, warum ihr Menschen euch immer so herausputzt wie stolze Gockel.«

»Aus demselben Grund wie die Gockel«, gab ich schulterzuckend zu. »Um den Frauen zu imponieren und den Männern zu verdeutlichen, dass man etwas Besseres ist.«

Morera warf den Kopf in den Nacken und lachte auf. Es war ein erfrischendes, mitreißendes Lachen, das ich von Frauen nicht gewohnt war. Die meisten Damen begnügten sich mit leisem Kichern hinter Fächern. Bei der Dryade hingegen klang es ehrlich.

Ich zog einen der Stühle vom Tisch und bot ihn Morera an. »Können wir Ihnen etwas bringen? Wasser, Tee? Vielleicht Wein? Kein Wein. Es ist ja noch nicht mal Mittag!« Ein aufgedrehtes Lachen brach aus meiner Kehle, woraufhin Sandrin mich überrascht ansah. Ich benahm mich wie ein Bursche bei seinem ersten Rendezvous. Erst jetzt hob ich das Möbelstück hastig auf.

Meine Bewegungen wirkten auf mich so ungeschickt. Ich glich einem Rehkitz, das Laufen lernte. Und die fast vollständige Blöße der Dryade half nicht dabei, einen klaren Gedanken zu fassen. Krampfhaft versuchte ich, mich auf ihre Augen zu konzentrieren, doch erwischte ich mich immer wieder dabei, wie mein Blick hinabwanderte zu ihren Brüsten oder der Hüfte.

Morera lehnte mein Angebot mit einem Wink ab. »Ich erkenne deine Gastfreundschaft, aber unsereins hat kein Bedürfnis nach Flüssigkeitsaufnahme.«

Überrascht runzelte ich die Stirn. »Das ist … beeindruckend.«

Morera schob die Unterlippe vor und schnalzte leise mit der Zunge. »Das ist nur eine unserer niederen Fähigkeiten.«

»Niederen Fähigkeiten?«, echote ich. »Einige Menschen fänden es sehr nützlich, ohne Wasser überleben zu können. Darf ich fragen, welche Talente noch in Ihnen schlummern?«

Die Gefragte tauschte einen Blick mit ihrer Wächterin. Diese überlegte kurz und nickte. An mich gewandt sprach Sandrin: »Ich halte es für sinnvoll, wenn wir es Ihnen demonstrieren.«

Dem konnte ich nichts hinzufügen.

Auffordernd trat ich zur Seite, um den Damen Platz zu machen, und deutete auf den Garten. Eine Vorführung im Freien erschien mir am sichersten, wenn ich an ihre emotionalen Ausbrüche beim ersten Treffen dachte.

Ich folgte den Frauen auf die Wiese. Morera hielt kurz inne, grübelte und steuerte schließlich einen der Büsche an. In sicherem Abstand wartete ich und verschränkte die Arme vor der Brust. Sandrin postierte sich neben mir.

Einer Liebhaberin gleich legte Morera ihre Hände auf die Äste des Gewächses. Ihre Lippen bewegten sich, doch ich verstand ihre Worte nicht.

»Sie stellt sich der Pflanze vor«, erklärte Sandrin. »Bittet sie um Erlaubnis.«

Ein Brummen meinerseits war die Antwort. Ich hatte mir nie Gedanken dazu gemacht, ob ein Busch eine Seele hatte, auf die man Rücksicht nehmen musste. Doch bis vor wenigen Tagen hatte ich auch nichts von Waldgeistern gewusst.

Nachdem Morera den Strauch umrundet hatte, drangen ihre Finger durch die Äste ins Innere. Ein warmes, goldenes Licht strahlte durch die Blätter. Das Laub erzitterte, schien sich zu sträuben und wuchs plötzlich in die Höhe.

Imponiert sog ich die Luft ein.

Die Äste entwickelten ein Eigenleben, streckten sich, zogen sich zurück und verflochten sich miteinander. Zusammen ergaben sie ein neues Bild: ein Mensch mit einem langen, geschwungenen Stab in der ausgestreckten Hand.

Zufrieden mit dem Ergebnis trat Morera von ihrem Werk zurück und stützte die Hände in die Hüfte.

»Unfassbar«, raunte ich und trat näher. Mit offenem Mund drehte ich ebenfalls eine Runde um den Busch. »Wie gelingt Ihnen das?«

Morera zog die Augenbrauen zusammen. »Wie atmest du? Wie isst oder schläfst du? Wir können es einfach.« Sie deutete auf Sandrin. »Es ist, wie die Druidin sagte. Wir nehmen vorhandene Energie und wandeln sie um. Ich gab der Pflanze Zugang zu mehr Ressourcen und bat sie, eine bestimmte Form anzunehmen.«

»Und wo nahmen Sie die Energie her?«, bohrte ich weiter.

»Aus dem Boden, dem Sonnenlicht, der Luft. Sie fließt überall.«

Ein Gedanke ließ mich innehalten und jagte einen ängstlichen Schauer über meinen Rücken. »Können Sie allem die Energie entziehen?«

Morera verstand und schaute mich ausdruckslos an. »Allem.«

Die Nacht lag über dem Anwesen und Stille herrschte in den Räumlichkeiten. Ich saß im Schneidersitz auf meinem Bett zwischen Büchern, Notizen und Kohlestiften, die hässliche Flecken auf den Laken hinterließen, für die Sandrin mich umbringen würde. Erst als das Licht zu schwach zum Lesen geworden war, hatte ich bemerkt, wie viel Zeit verstrichen war. Ich hatte meine Studien nur unterbrochen, um die Lampen zu entzünden. Im Schein der Flammen, versunken in ein Buch über Legenden und Sagen, Mythologie und Magie, kam ich mir vor wie ein weiser Hexenmeister. Um das Bild abzurunden, fehlten nur brodelnde Reagenzien.

Meine Notizen vervollständigte ich mit Zeichnungen. Hier ein fein geädertes Blatt, dort eine keltische Rune und auf jeder Seite schwarze Augen, die mich eindringlich anstarrten. Als Letztes erschufen meine Finger eine Darstellung des umgewandelten Buschs.

Durch ein plötzliches Klopfen übte ich zu viel Druck auf die Kohle aus und zerbrach das Stück. Ich fluchte – sowohl über mein Ungeschick als auch über mein Herzrasen.

Das Klopfen wiederholte sich und ich erkannte, dass es nicht von der Tür, sondern vom Balkon kam. Irritiert starrte ich auf die Vorhänge, als ob sie mir verraten könnten, wer sich hinter ihnen verbarg.

Beim dritten Mal klang das Klopfen herrischer.

»Ja doch!« Hastig bemühte ich mich, meine steifen Glieder zu sortieren und vom Bett zu steigen. Mit zitternden Fingern schob ich den Vorhang beiseite. Die Nacht verbarg den Gast auf meinem Balkon, doch als ich die Tür öffnete, schälte sich die schlanke Gestalt der Dryade aus der Schwärze.

»Morera«, murmelte ich überrumpelt. »Wie sind Sie hier hoch gelangt?«

Sie deutete lächelnd auf das Rosengitter an der Mauer. »Komme ich ungelegen?«

»Aber nein!«, antwortete ich, bevor mir klar wurde, was ich da sagte. Ich trat zur Seite und bat sie herein. »Lassen Sie mich raten, Sie benötigen keinen Schlaf?«

»Du wohl auch nicht«, gab sie kokett zurück. Mit wiegenden Hüften schlenderte sie zu meinem Bett, betrachtete das Chaos aus Schriften und Zetteln. Sie griff nach einem Notizbuch und blätterte durch die Seiten.

»Sie können lesen?«, nahm ich den Faden wieder auf und trat neben sie.

Sie schüttelte den Kopf, ohne den Blick von meinen Abschriften zu nehmen. »Eure Wörter ergeben oft keinen Sinn. Weder die geschriebenen noch die gesprochenen. Außerdem habt ihr viel zu viele davon und posaunt sie zu gerne in großen Mengen und laut heraus.« Ihre Stimme war ein leises Murmeln. Zu gebannt war sie von der Zeichnung eines Schneeglöckchens auf der Seite.

Ich konnte es mir nicht verkneifen, stolz zu lächeln. »Dafür beherrschen Sie unsere Worte aber recht passabel, möchte ich meinen.«

»Ein notwendiges Übel.«

»So, wie mich kennenzulernen?«

Morera klappte das Buch zu und schaute zu mir auf. Sie war eine Meisterin darin, eine gleichgültige Miene aufzusetzen, sodass ich nicht wusste, woran ich bei ihr war. Hatten meine Worte sie verletzt? Entsprachen sie der Wahrheit? Ich wusste nicht, was von beidem schlimmer für mich wäre.

»Tatsächlich habe ich dich heute kaum kennengelernt«, wandte sie ein und ließ das Buch auf die Laken fallen. »Du warst zu sehr damit beschäftigt, mir Tunnel in den Bauch zu fragen.«

Ich stutzte, musste dann aber lachen. »Löcher! Es heißt Löcher in den Bauch fragen und nicht Tunnel.«

Morera verengte die Augen und zog eine Grimasse. »Ich sag ja, zu viele Wörter.«

Schmunzelnd packte ich ein paar meiner Unterlagen zusammen und räumte sie zur

Seite. Es war gewiss nicht das erste Mal, dass ich eine Dame in meinem Schlafzimmer hatte, doch schien mir diese Örtlichkeit unpassend für ein ausführliches Gespräch. »Vielleicht sollten wir …«

Ohne auf meine Worte zu achten, griff sie nach weiteren Zeichnungen. »Sind die alle von dir?«

»Ich … ja.« Überrascht strich ich mir über den Bartschatten. Ich wusste, dass meine Bilder recht ansehnlich waren und die Technik durchaus zufriedenstellend, trotzdem empfand ich es als unangenehm, meine Kunst zu präsentieren. Zu sehr hatte mich das Gefühl geprägt, nicht gut genug zu sein. Man offenbarte mit jedem Bild ein Stück seiner Seele. Moreras Begeisterung für die Stücke verschaffte mir weiche Knie.

»Das ist unglaublich«, flüsterte Morera. »Es sieht so echt aus. Wie machst du das?«

»Wie atmest du? Wie isst oder schläfst du? Ich kann es einfach«, zitierte ich ihre Worte vom Morgen.

Ihre Augen funkelten amüsiert. »Dann hast auch du besondere Fähigkeiten.« Sie reichte mir die Zeichnungen, die ich mit fahrigen Fingern entgegennahm. »Was kannst du noch?«

Damit hatte sie mich eiskalt erwischt. Was konnte ich eigentlich? Was würde eine Dryade beeindrucken? Ich ließ mein Leben Revue passieren. Natürlich gab es da einen langen, quälenden Weg voller Lateinstunden,

Musikunterricht und Geographieexkursen, doch das alles wirkte so unspektakulär.

Meine Mimik musste meine Gedanken widerspiegeln, denn Morera legte fragend den Kopf zur Seite. Ich knetete die Hände, versuchte, einen Ausweg zu finden. Damen meines Standes waren leicht zu beeindrucken. Ein paar nette Worte, Blumen, Karten fürs Theater und schon schmolzen sie dahin. Ich bezweifelte, dass ich eine Dryade damit erwärmen konnte. Aber alles in allem blieb mein Gegenüber eine Frau, und es gab einen Trick, der bisher jede Frau in Erstaunen versetzt hatte.

Ich klatschte in die Hände und schaute mich suchend um. Mein Jackett lag auf einem Hocker. Rasch suchte ich die Taschen ab und zog meine filigrane Uhr heraus. Das Kleidungsstück ließ ich wieder zu Boden fallen. Ich zog die Uhr an einem kleinen Rad an der Seite auf und legte sie mir behutsam auf die Handfläche.

Morera beobachtete mein Tun mit großen Augen. Neugierig trat sie näher, als ich ihr die Uhr präsentierte. »Ein Schmuckstück?«, fragte sie ungläubig.

»Nicht ganz«, erklärte ich mit erhobenem Finger und drückte das Rädchen ein.

Ein leises Klicken brachte den Mechanismus zum Laufen. Die Klappe der Taschenuhr sprang auf, teilte sich und bewegte sich zögernd, fast vorsichtig, weil die Zahnräder zu lange stillgestanden hatten.

Die Dryade gab einen erstaunten Laut von sich und trat noch näher.

Surrend flatterten die Flügelchen denen eines Kolibris gleich und die Uhr erhob sich von meiner Hand. Einen Moment schwebte sie vor unseren Gesichtern in der Luft, drehte sich einmal im Kreis.

Morera starrte die Konstruktion mit offenem Mund an und streckte die Finger danach aus. Doch bevor sie die Uhr berühren konnte, zischte das kleine Ding davon und schoss wie ein aufgeregter Vogel durch mein Zimmer.

Lachend duckte ich mich, als der mechanische Vogel über meinen Kopf jagte. Morera keuchte und schlug die Hände vors Gesicht. Sie verfolgte die Uhr mit einer Mischung aus Faszination und Furcht.

Einen Moment später stoppte der Antrieb und die Taschenuhr fiel lautlos zwischen die Kissen auf meinem Bett. Ich kicherte immer noch und Morera warf mir einen aufgeregten Blick zu.

Bevor ich reagieren konnte, sprang sie auf mein Bett, hob die Kissen hoch und tastete nach meinem Spielzeug. Wie ein zerbrechliches Ei hielt sie die Uhr in ihren schlanken Händen, drehte und wendete sie, um sie von allen Seiten zu betrachten. »Ein Vogel aus Metall«, staunte sie. »Du hast ihn zum Fliegen gebracht!«

Bescheiden zog ich die Schultern hoch, war die eigentliche Technik ja nicht mein Verdienst. Ich setzte mich neben Morera auf das Bett, öffnete die Uhr und deutete auf die

Rädchen und Federn hinter dem Glas. »Das ist eine Fertigkeit der Menschen. Wir nennen es Mechanik. Im Prinzip«, ich grinste, »ist es wie deine Magie. Es wandelt Energie um.«

»Es ist so filigran, so hübsch. Wie eine Blume«, schwärmte Morera und beobachtete, wie die Zahnräder ineinander griffen und die Zeiger bewegten. »Ich dachte, ihr Menschen könnt nur große, hässliche Fabriken bauen, die schwarze Wolken erschaffen. Aber das hier ist wundervoll.« Sie bettete die Uhr auf die Laken und strich zärtlich über das Zifferblatt. Ein Teil von mir wünschte sich, dass sie mich so berühren würde.

»Du bist so anders als die Menschen, die ich bisher beobachtet habe. Sie waren alle laut und verschwenderisch. Du aber hast einen Sinn für Details.« Sie deutete auf eine meiner Zeichnungen.

»Morera, Sie schmeicheln mir. Aber Sie tun dem Rest der Menschheit unrecht«, wehrte ich ab.

»Warum redest du so geschwollen?«

Nicht zum ersten Mal überrumpelte mich ihr Nachfragen. »Aber ich rede doch ganz normal.«

Als Antwort zog Morera nur die Augenbrauen hoch.

»Nun, vielleicht …« Seufzend suchte ich nach den richtigen Worten. »Vielleicht ist es wie mit der Kleidung. Wir Menschen wollen uns gegenseitig imponieren. Mit unserer Ausdrucksweise zeigen wir, dass wir gebildet sind und aus einem guten Elternhaus kommen.«

»Und das ist wichtig?«, fragte Morera zweifelnd. Ich deutete ein Kopfschütteln an. »Wenn man ehrlich ist, nein.«

»Also dann...« Der Waldgeist beugte sich verschwörerisch vor, als ob sie mir ein Geheimnis verraten wollte. Erneut umgab mich der Geruch von Sommer. Ein elektrisierendes Prickeln tanzte über meine Haut. Ich versank in dem Schwarz ihrer Augen, ertrank in der Dunkelheit und wollte mich ihr ganz hingeben.

»Wie wäre eine weitere Abmachung?«, hauchte Morera und biss sich verführerisch auf die Unterlippe. »Weniger schwierige Wörter.«

Unfähig, zu sprechen, rang ich mich zu einem Nicken durch.

»Und wie wäre es, wenn wir generell weniger Worte verwenden?« Ihr Lächeln wurde schelmisch, fordernd. Sie beugte sich weiter zu mir vor und legte ihre Hand auf meinen Oberschenkel.

Mein Puls beschleunigte sich. »Woran genau denkst...«

Bevor ich meinen Satz beenden konnte, verschloss sie meine Lippen mit ihren.

Erneut war es ein wütendes Klopfen, das mich aufschreckte. Doch dieses Mal waren es nicht meine Studien, die mich gebannt hatten, sondern ein tiefer Schlaf. Ich blinzelte verwirrt und versuchte, mich zu orientieren. Der Geschmack von Lavendel auf meinen Lippen brachte die Erinnerungen an die letzte Nacht

zurück und ließ mich erröten. Ungestüm und wild hatte Morera mich verführt. Ich kam mir schmutzig und zugleich aufgeregt und frei vor.

»Herr von Heerstein!« Sandrins Stimme klang aufgebracht, beinahe besorgt.

Hektisch riss ich die Decke zurück. Eine innere Stimme verriet mir, dass es besser war, wenn die Haushälterin mich nicht zusammen mit der Dryade erwischte. Doch Morera schien etwas Ähnliches gedacht zu haben, denn sie war verschwunden.

»Wenn Sie nicht sofort die Tür öffnen!« Den Rest ihrer Drohung ließ Sandrin unausgesprochen. Allerdings hatte ich keinen Zweifel, dass sie sich nicht von einem Stück Holz aufhalten lassen würde.

»Ja doch!« Ich fuhr mir über die Augen, versuchte, den Schlaf fortzuwischen, und sprang aus dem Bett. Da Sandrin mir keine Zeit gab, mich anzukleiden, hob ich die Tagesdecke auf und schlang sie mir wie eine griechische Stola um den Körper.

Schlaftrunken stolperte ich zur Tür, entriegelte sie und zog sie einen Spalt auf.

Ein biblischer Racheengel erwartete mich mit zornigem Blick, der nicht milder wurde, als sie meinen desolaten Zustand erkannte. Sie verschränkte die Arme vor der Brust und schnaubte. »Habe ich irgendwelche Feierlichkeiten verpasst?«

Ohne auf mich oder eine Antwort meinerseits Rücksicht zu nehmen, schob sie die Tür

auf und huschte an mir vorbei ins Zimmer. Mein hektischer Versuch, sie aufzuhalten, scheiterte, als mein provisorisches Gewand drohte, zu rutschen.

Sandrin blieb erschrocken stehen, als sie meine Räumlichkeiten sah. »Gütiger Gott!«

Kissen und Laken lagen zerwühlt durcheinander, meine Garderobe des letzten Abends verteilte sich über den Boden. Zu meinem Schrecken erblickte ich außerdem silberne Blätter, die sich in meinem Bett verteilten.

Sandrin musste kein Detektiv sein, um die richtigen Schlussfolgerungen zu ziehen. Ich sah, wie sie die Hände zu Fäusten ballte. Sie biss die Zähne aufeinander und bemühte sich um einen nichtssagenden Gesichtsausdruck, doch das Zittern am ganzen Körper verriet ihre Wut.

»Fräulein Sandrin, ich …«

Mit einem Ruck fuhr sie zu mir herum. »Herr Berghausen erwartet Sie«, platzte es aus ihr heraus. »Ich habe ihn in den Wintergarten geführt. Wenn Sie wünschen, bereite ich ein Frühstück, damit Sie zu Kräften kommen.« Die Spitze entging mir nicht, doch gelang es mir weder sie zu maßregeln noch ihr in die Augen zu sehen.

»Ziehen Sie sich an. Ich rate Ihnen zu einem Halstuch.« Sie deutete ruppig auf ihre Kehle. »Und dieses Chaos können Sie selbst aufräumen.«

Wie ein Sturm brauste sie aus dem Zimmer. Ich zuckte zusammen, als sie die Tür hinter

sich zuschlug. Seufzend sank ich aufs Bett und vergrub mein Gesicht in den Händen.

Mein altes Leben hatte mich schneller eingeholt, als mir lieb war. Ich hatte Berlin und all die schrecklichen Erinnerungen an meinen Absturz und die unverbindlichen Nächte zurücklassen wollen, hatte gehofft, neu beginnen zu können. Aber das Leben, das Schicksal oder vielleicht auch Gott waren da anderer Meinung. In wenigen Tagen war es mir gelungen, zu beweisen, dass ich ein unfähiger Geschäftsmann und ein hemmungsloser Schürzenjäger war. Fehlte nur noch eine Kartenspielrunde, bei der ich mein Anwesen verlor, und Alkohol in rauen Mengen. Aber was nicht war, konnte ja noch werden.

Mein Gefühl von Freiheit nach dem Erwachen verflog, als ich so unsanft in die Realität zurückgeholt wurde. Ich musste mich endlich zusammenreißen, erwachsen werden, ein Mann sein. Ich würde Berghausen von Perlenbachs Vorschlägen erzählen. Mit Hilfe der beiden Männer – und einer standesgemäßen Ehefrau – würde es mir gelingen, einen ehrbaren Mann darzustellen.

Beflügelt von dem Beschluss sprang ich auf. Die Decke fiel raschelnd zu Boden. Ich wählte ein beerenfarbenes Hemd, sowie eine schwarze Hose mit passender Weste. Erst als ich das Hemd zuknöpfte, erinnerte ich mich an Sandrins Ratschlag und trat an den Spiegel meines Rasiertischs.

Bissspuren zeichneten sich rot auf der hellen Haut meines Halses ab und verriet die Hemmungslosigkeit des Liebesspiels mit einer Dryade. Der Gedanke zauberte mir ein Lächeln ins Gesicht.

Rasch besann ich mich eines Besseren, mahnte mich zur Raison und entschied mich für ein Halstuch in Beige und Gold. Mit etwas Wasser aus der Schüssel bändigte ich mein Haar und wischte den letzten Rest Müdigkeit fort.

Nach einem prüfenden Blick in den Spiegel verließ ich mein Zimmer.

Berghausen erhob sich mit einem warmen Lächeln, als ich den Wintergarten betrat. »Mein junger Freund, ich entschuldige mich für mein unangemeldetes Erscheinen.«

Wir schüttelten die Hände und ich deutete ihm, wieder Platz zu nehmen. »Als Vertrauter sind Sie hier immer willkommen«, beschwichtigte ich den Advokaten und setzte mich ebenfalls.

»Sandrin meinte, Sie seien gerade unpässlich.«

Wie gerufen betrat das Mädchen in diesem Moment den Raum. Mit etwas zu viel Schwung knallte sie das Tablett auf den Tisch zwischen uns und rauschte wortlos davon.

»Unstimmigkeiten?«, fragte Berghausen vorsichtig.

Ich seufzte aus tiefstem Herzen. »Mein Bester, ich scheine in alte Muster zurückzufallen und Sie müssen mir helfen, das zu verhindern.«

Berghausens Schnauzer wackelte irritiert. »Wovon reden Sie?«

Ich schlug die Beine übereinander und massierte mit der rechten Hand meine Schläfe. Kopfschmerz kündigte sich mit einem zaghaften Pochen an. Als ob mein Geist ahnte, welche Fehler ich begehen würde.

»Sprechen wir offen. Ich tauge nicht zum Geschäftsmann. Es liegt mir nicht, eine Firma zu leiten und Gelder zu verwalten. Stattdessen schmeiße ich es mit beiden Händen zum Fenster heraus und widme mich den schönen Künsten.«

»Aber Herr von Heerstein«, wandte der Anwalt ein.

Ich winkte ab. »Keine Widerrede. Sie müssen mich nicht mit Samthandschuhen anfassen. Perlenbach hat es ebenfalls erkannt.«

Berghausen hustete gekünstelt. »Dieser Bluthund riecht Schwäche zehn Kilometer gegen den Wind.«

»Er will nur, was gut für das Unternehmen ist. Ich denke, es ist nicht verkehrt, ihn an meiner Seite zu haben. Tatsächlich machte er mir ein ansprechendes Angebot.«

»Tatsächlich?« Berghausen setzte sich überrascht auf. »Das verwundert mich, bin ich doch hier, da ich andere Gerüchte gehört habe.«

Interessiert lehnte ich mich vor. »Gerüchte welcher Art?«

»Nun ...« Der Advokat rutschte unruhig auf seinem Stuhl hin und her. »Wie Sie vielleicht wissen, halten Sie gerade mal ein Drittel aller

Anteile des Unternehmens. Damit sind Sie zwar der größte, alleinige Eigner, aber können durch die anderen überstimmt werden. Bisher richteten sich die meisten Entscheidungen nach dem alten von Heerstein, hatte er doch die meisten Anhänger im Vorstand. Sie hingegen ...« Er wedelte vage mit der Hand in der Luft.

»Ich habe keine Anhänger«, sprach ich es aus.

Berghausen nickte betreten. »So leid es mir tut. Aus vertraulichen Quellen weiß ich, dass Perlenbach Ihre Absetzung plant. Ich vermute, das Angebot, das er Ihnen gemacht hat, ist die letzte Möglichkeit, um ohne einen langwierigen Streit aus der Sache herauszukommen.«

Ich verschränkte die Hände hinter dem Kopf, lehnte mich zurück und gab einen genervten Laut von mir. »Dieser widerliche Strippenzieher! Was raten Sie mir?«

Berghausen strich sich grüblerisch über den Bart. »Was genau beinhaltete sein Angebot?«

»Die Hand seiner Tochter dafür, dass er mich im Unternehmen vertreten würde. Vermutlich glaubt er, als Schwiegervater Einfluss auf mich ausüben zu können.«

Das Lachen des Anwalts irritierte mich.

»Ich sehe da – mit Verlaub – keinen Vorteil für Sie. Sie verlieren Ihren Einfluss, wahrscheinlich auch Geld und haben eine ... wenig begabte Frau an Ihrer Seite.«

»Aktuell scheint das wohl genau das Richtige für mich zu sein«, murmelte ich zerknirscht.

Berghausen erhob sich und zog den Kragen seines Jacketts gerade. »Mein Guter, ich kann nur ahnen, welche Dämonen Sie treiben, doch wenn Sie meinen Rat als Anwalt und Freund haben wollen …«

Ich nickte begierig.

»Verzichten Sie auf das Angebot und treten Sie diesen verstaubten Herren in den Hintern! Sie sind nicht auf den Kopf gefallen und es wird Zeit, das zu beweisen.«

Ich stand ebenfalls auf und breitete die Arme aus. »Berghausen, Sie sind Gold wert. Mit Ihnen an meiner Seite, fürchte ich nichts.«

Der Angesprochene kicherte leise. Mit einem verschwörerischen Nicken deutete er auf den Durchgang zum Salon. »Sie brauchen vielleicht noch andere Mitstreiter auf Ihrem Weg.«

Ich wusste, wen er meinte, und ließ sofort die Arme sinken. Mit einem Schulterklopfen verabschiedete sich Berghausen. Schon war ich wieder mit meinen Zweifeln und dem schlechten Gewissen alleine.

Obwohl ich Sandrins Reaktion fürchtete, konnte ich die Konfrontation nicht aufschieben. Sonst fand sich beizeiten Gift in meinem Tee oder sie verhexte mich.

Meinen ganzen Mut zusammenkratzend betrat ich den Salon und folgte von dort aus einem Gefühl in die Küche. Tatsächlich saß Sandrin am Tisch und zerhackte mit finsterer Miene Rüben. Als ich im Türrahmen erschien,

hielt sie einen Moment inne, nur um gleich darauf umso garstiger auf das arme Gemüse einzustechen. Ansonsten beschloss sie, mich zu ignorieren.

Eine Weile stand ich unschlüssig da und kämpfte gegen den Impuls, die Flucht zu ergreifen. Dann musste ich an Sandrins Lächeln denken. Mein Herz wünschte es sich so sehr zurück, dass es schmerzte. Nie hatte ich beabsichtigt, diese reizende Person gegen mich aufzubringen.

Ich trat auf sie zu und räusperte mich. »Ich weiß, dass ich Ihre Missachtung verdient habe.«

Sandrin öffnete den Mund, doch ich deutete ihr an, zu schweigen.

»Lassen Sie mich bitte ausreden, bevor mich der Mut verliert. Fräulein Sandrin, ich kann Ihnen gar nicht sagen, wie wertvoll Sie für mich sind. Sie haben mich willkommen geheißen, geerdet, hatten ein offenes Ohr und schenkten mir Ihr Vertrauen. All das hatte ich gar nicht verdient. Doch ich gelobe Besserung.« Theatralisch ging ich in die Hocke, um meinem Schwur mehr Nachdruck zu verleihen.

Sandrin blickte verwirrt auf mich herab und legte, wie ich erleichtert feststellte, das Messer auf den Tisch.

»Ihr Druidentum und die Existenz der Waldgeister ging mich nichts an. Sie hatten recht. Ich hätte mich raushalten sollen. Das will ich nun wiedergutmachen. Ich möchte

Ihnen den Wald überschreiben. Sie sind die Wächterin, er sollte demnach Ihnen gehören. Und ab sofort kümmere ich mich um meine Geschäfte. Ich bitte Sie nur …« Meine Stimme brach und ich schluckte einen Kloß hinunter. »Bitte, Sandrin, ich schaffe das nicht ohne Sie als mein guter Geist. Ich muss Sie an meiner Seite wissen, wenn ich es mit diesen Wölfen im Gewand von Edelmännern aufnehmen will. Können Sie mir verzeihen?«

Ich sah die Tränen in ihren Augenwinkeln glitzern. Ihre Unterlippe bebte und zum zweiten Mal an diesem Tag rang sie mit der Fassung. Hatte ich etwas Falsches gesagt?

»Um Himmels willen, Fräulein Sandrin! Seien Sie nicht traurig!«, flehte ich und griff nach ihren Händen.

Sie entzog sich mir wie ein scheues Vöglein, sprang auf und wandte sich ab, um sich mit der Schürze die Wangen abzutupfen.

»Ach, Konstantin. Sie wissen nicht, was Sie sagen!«

»Vielleicht hätten Sie die Güte, es mir zu erklären?«, fragte ich, die Anrede überhörend.

Ich erhob mich und Sandrin drehte sich zu mir. Dieses Mal griff sie nach meinen Händen und drückte sie sanft. »Wie kann ich Ihnen lange böse sein?«

Ihr Lächeln taute den kalten Klumpen Eis in meinem Magen auf und entlockte mir ein freudiges Jubeln.

5.

Gequält von dem Ticken der Uhr auf dem Kaminsims verweilte ich alleine im Arbeitszimmer. Die Nachmittagssonne drang durch die Fenster hinter mir und wärmte meinen Rücken. Es versetzte mich in einen schläfrigen Dämmerzustand. Dabei reichten schon die langweiligen Geschäftsberichte aus, um mich müde zu machen. Mehrmals hatte ich mich dabei erwischt, wie mir die Augen zufielen.

Ich streckte mich gähnend und fuhr mir mit den Händen übers Gesicht. Es brachte nichts. Der Sog dieser Eintönigkeit war zu groß und drohte, mich zu verschlingen.

Warum war mein Verstand nicht in der Lage, sich auf profane Dinge wie Finanzen, Inventurlisten und Investitionspläne zu konzentrieren? Ich befürchtete, wahnsinnig zu werden. Je mehr ich mich anstrengte, desto mehr versagte ich. Ich konnte nicht verstehen, wie sich Menschen dafür begeistern konnten, wenn es so viele angenehmere Dinge auf der Welt gab. Selbst ein Abendessen mit meinen Eltern erschien mir unter diesen Umständen reizvoll.

In zwei Tagen war die nächste Vorstandssitzung angesetzt worden. Dort musste ich es schaffen, mit meinem Wissen zu glänzen und meine Gegner milde zu stimmen. Es war meine letzte Chance, mein Gang zum Schafott, und grimmige Henker entschieden über mein Schicksal.

Mein Blick fiel auf die Staffelei, die ich mitten im Raum aufgebaut hatte. Ich nutzte die Kunst, um mich von der Realität abzulenken und neue Kraft zu tanken. Es half mir, stärkte und entspannte mich. Ganz würde ich den alten Konstantin wohl nie abstreifen können.

Ich beschloss, dass es für heute genug war, und ließ die Arbeit ruhen. Zu viele Zahlen schwirrten in meinem Kopf und machten meine Gedanken zäh wie Honig. Kurz überlegte ich, nach Sandrin und ihrem Tee zu rufen, doch entschied ich mich dagegen. Einen Moment wollte ich noch alleine bleiben und die Zeit für mich nutzen.

Im Vorbeigehen schob ich die Terrassentür auf und zog den Vorhang beiseite. Der Frühling gewann an Kraft. Sein Wind wurde mild und trug den Geruch von saftigem Grün mit sich. Ich atmete tief ein und spürte, wie ein Teil meiner Last hinfortgeweht wurde. Entspannter trat ich an die Staffelei heran.

Das Bild zeigte eine Frau, die sich nackt auf einer Wiese voller Wildblumen räkelte. Ihr langes Haar verwob sich mit dem Gras und war geschmückt von filigranen Blättern. Tautropfen perlten auf ihrer Haut. Verheißungsvoll blickten dem Betrachter ihre schwarzen Augen entgegen. Ich wollte sie küssen, schmecken, riechen. Ihr wieder so nahe sein, wie in dieser einen Nacht, die mir bereits Jahrhunderte her zu sein schien.

Morera – seitdem ich die Nacht mit ihr verbracht hatte, hatte ich sie nicht mehr zu Gesicht bekommen. Das war nun fast zwei Wochen her. Ich wusste nicht, ob sie mir aus dem Weg ging oder nur verhindert war. Sandrin konnte ich nicht fragen, denn es hätte sie zu sehr verletzt. Wir umschifften das Thema und jeder ging seinen Aufgaben nach – um des lieben Friedens willen.

Mein Versprechen dem Hausmädchen gegenüber hielt ich ein. Es kostete mich eine lange, verständnislose Diskussion mit Berghausen, bis ich ihm begrifflich gemacht hatte, warum der Hain auf Sandrin überschrieben werden sollte. Natürlich konnte ich nichts von Waldgeistern, Druiden und Magie erzählen, doch irgendwann gelang es mir, den Advokaten zu überzeugen. Oder er war es einfach leid und gab nach. Da dieses Vorhaben einiges an Papierkram und Unterschriften erforderte, würde es etwas Zeit in Anspruch nehmen, aber bald sollte der Wächterin ihr Wald gehören.

Wahrscheinlich war es das Beste, dass die Dryade mir die Entscheidung abgenommen hatte und nicht mehr auftauchte. Es rettete mich vor einer peinlichen Begegnung und einem erklärenden Gespräch. Trotzdem musste ich mir eingestehen, dass ich sie vermisste. Träumen war jedoch erlaubt. Für meine Gedanken und Erinnerungen konnte mir niemand zürnen.

Ich lächelte versonnen. Es war mir, als ob ich ihre Hand auf meiner Schulter spürte, ihre Finger, die über den dünnen Stoff des Hemdes tanzten. Wie sie ihre Arme um meinen Bauch schloss, sich an mich presste. Ihr Atem kitzelte mein Ohr.

Ihr Atem kitzelte mein Ohr!

Ich kreischte auf, wirbelte herum und starrte in das hübsche Gesicht der Dryade. Sie grinste herausfordernd und zwinkerte mir zu. »Ich dachte, du freust dich, mich zu sehen.«

Keuchend griff ich mir an die Brust. »Um Himmels willen, das tue ich! Ich dachte schon, du-«

»Dass ich nicht zurückkehren würde?« Sie kicherte und strich anmutig ihr Haar zurück. In dieser Bewegung lag so viel Grazie und Zauber, dass es mich um den Verstand brachte. Ein Blick in ihre Augen ließ mich alles vergessen, was ich mir in den letzten Tagen vorgenommen hatte. Ein Wink ihrer Hand wischte jeden Zweifel fort. Sandrin würde … Sandrin!

Ich sog scharf die Luft ein und nahm meinen Blick von der Schönheit, die wie Gift meine Gedanken lähmte. »Du bist ohne eine Nachricht gegangen. Da lag diese Vermutung nahe. Was verschafft mir die Ehre deines Besuchs?«

»Wieder so viele Worte«, murmelte Morera tadelnd. »Hast du es vergessen? Wir haben eine Abmachung. Du wolltest mich studieren.«

»Kennenlernen«, verbesserte ich rasch. »Studieren klingt so, als seist du ein wissenschaftliches Objekt.«

Sie zwang mich, sie anzusehen. »Und was bin ich für dich?« Ihre Worte verursachten ein Schaudern, führten mich zurück an den Rand des Wahnsinns. Diese Frau war Paradies, Schlange und Apfel in einer Person.

»Perfektion«, raunte ich heiser.

Ich sah, dass sie über meine Schulter blickte, das Bild entdeckte. Ihre Augen weiteten sich vor Überraschung. »Das … bin ich«, flüsterte sie und trat an mir vorbei zu der Staffelei. Zögernd streckte sie die Hand aus und berührte das Papier voller Ehrfurcht.

Peinlich berührt zupfte ich an meinem Kragen. »Es gefällt dir?«

Sie warf mir einen Blick mit einer Mischung aus Spott und Zweifel zu. »Du scherzt? Deine Gabe ist einzigartig. Deine Zeichnungen besitzen … einen Glanz. Mir fehlt der Ausdruck dafür. Es ist Liebe, Hingabe.«

»Passion«, ergänzte ich ihre Aufzählung und nickte leicht. Sie verstand meine Gefühle beim Zeichnen, erkannte, wie viel Herzblut ich in jeden Strich legte. Ein Hochgefühl keimte in mir auf, schließlich hatte ich dafür bisher nie viel Anerkennung erhalten.

»Wie kann ein Mensch nur ein so präzises Auge für die Schönheit der Natur besitzen?«, fragte Morera mehr zu sich selbst. Sie strich die Linien einer Blüte nach. Vertieft biss sie sich auf die Unterlippe, während ich fasziniert von ihrem Anblick war.

Ich genoss es, sie zu betrachten, jede ihrer Fasern in mich aufzusaugen. Wie ihr eigenwilliges Haar über ihre Schulter fiel, ihre zarten Muskeln an Bauch und Oberschenkel, die Maserung auf ihrer Haut und der liebliche Duft.

Die Zeit verging, ohne dass wir es bemerkten. Wir schwiegen, genossen den Moment. Im Garten färbte sich das Licht golden, als die Sonne sich dem Horizont entgegen neigte. Morera drehte sich plötzlich zu mir um, Verstehen lag in ihren Augen. Sie griff nach meiner Hand. Ihre Aufregung sprang auf mich über, brachte mein Herz zum Rasen.

»Komm«, hauchte sie verschwörerisch. »Ich will dir etwas zeigen.«

Ohne Widerstand zu leisten, ließ ich mich von der Dryade aus dem Arbeitszimmer in den Garten ziehen. Der kalte Abendwind bemühte sich, mich zurückzuhalten, meine Gedanken zu klären. »Was hast du vor? Wo willst du hin?«

Ihr Lachen erklang wie das Rauschen des Waldes. »Ich zeige dir noch mehr Dinge, die du zeichnen kannst. Damit du verstehst.«

Sie führte mich an den Rand des Gartens, wo eine mannshohe Hecke mein Anwesen von dem Hain der Waldgeister trennte. Ich begriff, was sie vorhatte, beschleunigte meine Schritte, von Neugierde getrieben, allerdings konnte ich kein Loch und auch kein Tor in den Büschen erkennen.

Für Morera stellte es kein Hindernis dar. Sie spitzte die Lippen und pustete ihren Atem gegen die Blätter. Die erzitterten, wie ich es tat, wenn sie mir so nahe kam. Doch plötzlich teilten sie sich, zogen sich zurück und gaben einen Weg frei.

Freudig lachend warf die Dryade einen Blick zu mir zurück. Ich wusste, dies war meine letzte Möglichkeit. Hier konnte ich stehen bleiben, den Spuk beenden und sie ziehen lassen. Dieses Mal womöglich für immer. Ich würde in mein spießiges Leben zurückkehren, Geschäftsmann sein und Morera irgendwann für einen Traum halten, eine blasse Erinnerung.

Mein Griff um ihre Hand wurde stärker. *Was soll's?*, dachte ich mir. *Nur ein Blick! Danach kann ich immer noch erwachsen werden.*

Tage, Wochen, Monate. Ich hatte längst das Gefühl verloren, in welchem Jahr und auf welchem Planeten wir uns befanden. Ein betäubender Nebel hüllte meinen Geist ein und ließ mich vergessen. Vergessen, was Realität, was Traum war, was außerhalb des Waldes auf mich wartete, was innerhalb des Waldes passierte. Bruchstückhaft glitten Bilder an meinem inneren Auge vorbei. Der Pan, mächtig, drohend, mit gewaltigen Hörnern. Feen, klein und zart, die auf Blumen tanzten und in Baumstümpfen lebten. Nymphen, die mich umgarnten. Der Geschmack nach Honig und Rosen. Verlangen, Sehnsucht, Lust. Das alles zerriss

mich, lachte mir wahnsinnig ins Gesicht und verspottete mich.

Als mein Verstand klar wurde, taumelte ich kraftlos durch den Wald. Meine Kleidung war verschmutzt und zerrissen. Ich fühlte mich zu gleichen Teilen zerschunden und euphorisch. Ohne eine Ahnung, in welche Richtung ich ging, bahnte ich mir meinen Weg durch das Dickicht.

Aus weiter Ferne drang eine Stimme dumpf an mein Ohr. Die Worte ergaben keinen Sinn, kamen von nirgendwo und von allen Seiten zugleich. Irgendwann begriff ich – jemand rief meinen Namen.

Konstantin!

Ich versuchte, die Richtung, aus der die Stimme kam, zu ergründen, blieb mit dem Fuß im Geäst hängen und stürzte. Schmerz explodierte in meinem Brustkorb, das Atmen fiel mir plötzlich schwer. Ein heftiger Husten schüttelte mich, gefolgt von einem unnatürlichen Schmerzenslaut.

Konstantin!

Das Rufen wurde schriller. Ich sog die Luft ein, wollte antworten, doch brachte ich nur ein Wimmern zustande. Schritte raschelten im Laub. Jemand sank neben mir auf die Knie. Kalte Hände berührten mich sanft im Gesicht.

»Bei allen guten Geistern!« Die Stimme klang erleichtert und zornig zugleich.

Ich blinzelte. Mein Sichtfeld klärte sich nur widerstrebend. Eine blonde Gestalt starrte aus großen Augen auf mich herab. Immer wieder strich mir ein Daumen über die Wange.

»Sandrin«, krächzte ich und schaffte es zu lächeln.

Das Hausmädchen erwiderte die Geste. Ich konzentrierte mich auf die Sommersprossen auf ihrer blassen Haut, um nicht ohnmächtig zu werden. Schmerz pulsierte unerbittlich in meinem Brustkorb. Ich sehnte mich danach, der Erschöpfung nachzugeben und zu schlafen. In meinen Träumen konnte ich wieder in die Geheimnisse des Waldes eintauchen.

»Ich wollte … nur etwas flanieren«, versuchte ich, mich rauszureden.

Sandrin zog zweifelnd die Augenbrauen hoch, doch ersparte sie mir eine vorwurfsvolle Zurechtweisung. »Sie waren zehn Tage verschwunden«, antwortete sie stattdessen.

Schockiert stemmte ich mich auf die Ellbogen. Die plötzliche Bewegung erfüllte mich mit Schwindel. Ich öffnete den Mund, wollte etwas sagen, doch umfing mich Schwärze. Ich sank zurück in die Arme einer gnädigen Ohnmacht.

Im Salon erwartete mich bereits Berghausen. Der Advokat sprang auf, als er mich erblickte. Er wirkte bestürzt, rang mit den Worten.

Es hatte mich drei weitere Tage gekostet, mich von meinem Abenteuer im Wald zu erholen. Die Erinnerungen kehrten nur bruchstückhaft in Form von Träumen zurück. Mittlerweile war ich mir nicht mehr sicher, ob ich mich überhaupt erinnern wollte.

»Bevor Sie fragen, werter Freund, ich bin wohlauf und bedanke mich für Ihre Sorgen und Ihre Anteilnahme«, ergriff ich das Wort, solange Berghausen noch einen nach Luft schnappenden Fisch mimte.

»Das freut mich zu hören.« Der Anwalt atmete erleichtert aus und bekreuzigte sich. »Die Nachricht von Ihrem Zustand schockierte mich sehr, doch leider …« Er stockte, musterte mich unsicher, als ob ich bei seinen nächsten Worten erneut einen Zusammenbruch erleiden könnte. Sein Verhalten ließ eine Unruhe in mir aufkeimen, schwante mir bereits, dass er keine guten Nachrichten im Gepäck hatte.

Mit einem Kopfschütteln wandte Berghausen sich dem Kamin zu, schien die Ornamente auf dem Sims zu inspizieren, vielleicht in der Hoffnung, dort die passenden Worte zu finden.

Ich kniff mir in die Nasenwurzel und ließ mich in einen Sessel sinken. »Berghausen, wenn Sie nicht gleich mit der Sprache rausrücken, ersticken Sie noch an den ungesagten Dingen!«, entfuhr es mir ruppiger, als ich beabsichtigt hatte.

Der Anwalt zuckte bei meinem barschen Tonfall zusammen. Nervös nestelte er an seinem Einstecktuch und zupfte unsichtbare Fäden von seinem Jackett.

Es war Sandrin, die den Herrn aus der verdrießlichen Situation rettete. »Herr Berghausen ist beunruhigt wegen des Wolfsrudels, das die Fänge in Ihr Erbe geschlagen hat«,

erklärte die junge Haushälterin. Sie lehnte mit vor der Brust verschränkten Armen im Türrahmen und betrachtete mich besorgt.

»Herr Gott, Sie benehmen sich beide wie auf dem Trauermarsch zu meiner Beerdigung«, stöhnte ich und tippte abwartend mit den Fingern auf die Sessellehne. »Hören Sie auf, in Rätseln zusprechen und mich in Watte zu packen.« Es ist keine Überraschung, dass es erneut Sandrin war, die mehr Mumm bewies und sich mir stellte. »Die Anteilhaber und Geschäftsmänner rund um Perlenbach beschlossen während Ihrer Abwesenheit Ihre Absetzung als Eigner.«

»Wie bitte?«, horchte ich auf. »Warum haben Sie mir das nicht gleich gesagt?«

Sandrin öffnete den Mund, doch schluckte sie ihre Entgegnung hinunter und beließ es bei einem mürrischen Blick.

»Perlenbach schaffte es, die Herrschaften davon überzeugen, dass Ihre Unpässlichkeit ein Zeichen Ihrer Schwäche sei und Sie nicht in der Lage seien, ein Unternehmen dieser Größe zu leiten«, fand endlich Berghausen seine Sprache wieder.

»Aber man kann mich nicht einfach herausschmeißen!«, beharrte ich.

Berghausen nahm mir gegenüber Platz und gab Sandrin mit einem Wink in Richtung der Flaschen zu verstehen, dass er einen Weinbrand wünschte. Das Hausmädchen folgte der Aufforderung und reichte jedem von uns beiden ein gefülltes Glas. Unstetig drehte ich es in meiner Hand.

»Damit haben Sie nur zum Teil recht«, wandte Berghausen ein, nachdem er sein Glas geleert hatte. »Als Gemeinschaft halten die anderen den Großteil aller Anteile und sind so beschlussfähig.«

»Und was hat dieses Wolfsrudel Ihrer Meinung nach vor?« Genervt von meinem Leben lehnte ich mich im Sessel zurück und stützte das Kinn auf meine Handfläche.

»Man könnte Sie zwingen stiller Teilhaber zu sein«, erklärte Berghausen. »Damit würden Sie immer noch von den Gewinnen profitieren, könnten aber nicht über die wichtigen Fragen entscheiden.«

Ich rieb mir grübelnd übers Kinn. »Wenn ich ehrlich sein soll, wäre mir diese Möglichkeit recht. Tauge ich wirklich nicht zum Geschäftsmann.«

»Oder …«, fuhr Berghausen fort und ich stöhnte leise auf. »Oder man zahlt Sie mit großen Verlusten aus und Sie verlieren Ihre Ansprüche.«

»Ich ahne, für was sich Perlenbach entschieden hat«, brummte ich und fuhr mir erschöpft über die Augen. Dieses kurze Gespräch hatte ausgereicht, um all die Kraft aufzubrauchen, die ich in den letzten Tagen gesammelt hatte. Wie konnte man nur so schwach und machtlos sein?

Sandrin legte mir die Hand auf den Arm, wie sie es schon so oft getan hatte, und strich

behutsam über den Stoff des Jacketts. »Da ist noch etwas.«

Meine Innereien verkrampften sich zu einem schmerzenden Klumpen. Es konnte noch schlimmer werden? *Herr, dein Humor ist wahrlich grausam.*

Wortlos blickte ich zu der jungen Frau auf, versuchte, mich gegen alles zu wappnen, was sie mir nun offenbaren würde, obwohl ich wusste, dass ich dem nicht gewachsen war.

»Der Hain …« Sie stockte, zog die Hand zurück und knetete unbehaglich ihren Rock. »Die Übertragung des Eigentums konnte nicht durchgeführt werden, da das Grundstück zum Teil zum Vermögen des Unternehmens gehört. Das Komitee widersprach dem Anliegen.«

Ein Teil in mir zerbrach wie Glas in tausend Scherben. Ich konnte mein Versprechen nicht halten! Mein Geld, mein Erbe verblasste vor dieser Erkenntnis, denn ich hatte Sandrin mein Wort gegeben und nun stellte sich heraus, dass es nichts wert war – erneut. Ich enttäuschte sie wieder, ließ sie im Stich und musste hilflos mit ansehen, wie gierige, alte Männer sich unter ihre Nägel rissen, woran sie hing.

Ohne auf die Etikette zu achten, sprang ich auf und griff nach Sandrins Händen. Ich zog sie an meine Lippen und hauchte einen Kuss auf ihre Fingerspitzen. Mir entging nicht, wie sie erzitterte und sich mir entziehen wollte, doch ich hielt sie fest. Sie durfte mir nicht auch noch den Rücken kehren wie meine Familie

und die Gesellschafter. Immer war sie für mich da gewesen, hatte an meiner Seite gestanden – egal, welche Fehler ich begangen hatte.

Ich fing ihren Blick, entdeckte die Traurigkeit darin und eine Endgültigkeit, die mir das Herz schwer werden ließ. Sie hatte sich bereits damit abgefunden, dass ich alle ins Verderben riss. Und trotzdem stand sie hier.

Widerstand regte sich in mir, hisste die Flagge der Revolution und brüllte zum Angriff. Ich war es leid, für alle der Spielball ihrer Hoffnungen zu sein. Meine Eltern, meine Schwester, diese grauen Eminenzen. Sie alle hatten Erwartungen in mich, die ich nicht erfüllen konnte. Nein, nicht erfüllen *wollte*! Aber Sandrins Träume, die durften nicht untergehen. Diese musste ich bewahren.

»Berghausen, Sie sind ein Mann mit Verstand. Sie wären nicht mit schlechten Nachrichten gekommen, ohne einen Plan im Hinterkopf«, vermutete ich, ohne den Advokaten anzusehen. Stattdessen beobachtete ich, wie sich Sandrins Brauen hoben. Perfekte Bögen in der Farbe von Korn im Spätsommer.

Tatsächlich lachte der Anwalt und verschluckte sich an seinem eigenen Gefühlsausbruch. Er hustete kurz, ehe er weiter sprach. »Herr von Heerstein, Sie sind ein scharfsinniger Geist mit einem wachsamen Auge. Eine gute Voraussetzung, um sich den anderen Anteilhabern entgegenzustellen.«

Nur widerstrebend löste ich mich von Sandrin und wandte mich mit neugierigem Blick dem Anwalt zu. »Wir wollen uns nicht in einen Krieg stürzen und auch ein Duell lehne ich entschieden ab«, erklärte ich schmunzelnd.

Berghausen zog nachgiebig die Schultern hoch, obwohl ihm der Gedanke zu gefallen schien. »Stattdessen schlagen wir sie mit ihren eigenen Waffen. Beziehungen und Intrigen werden bei Feierlichkeiten geschmiedet und mit Wein und Tanz besiegelt.«

»Also veranstalten wir einen Ball?«, vermutete ich, doch die beiden schüttelten den Kopf.

»Das erledigt Perlenbach für uns. Er möchte die Ballsaison eröffnen und seine jüngste Tochter in die Gesellschaft einführen, doch Sie werden dem Mädchen die Aufmerksamkeit entreißen«, flötete Sandrin mit einem listigen Grinsen. Sie tauschte einen verschwörerischen Blick mit Berghausen.

»Nun, in einem dieser weißen Kleider würde mir das gewiss gelingen, allerdings würde es meiner Hüfte nicht schmeicheln.« Ich erntete für meinen Spott einen Klaps auf den Oberarm von Sandrin. Anstatt mich wieder mit ihrem Oberlehrerinnenausdruck zu bedenken, lachte sie befreit.

»Mein lieber von Heerstein, wir sind uns alle einig, dass Sie der geborene Edelmann für eine Feier sind. Und diesen Umstand machen

wir uns zunutze. Die alten Wölfe sind Ihnen bisher auf ihrem eigenen Terrain begegnet, auf dem Sie keine Chance hatten. Jetzt ändern wir die äußeren Umstände.«

Ob es an den Ereignissen der letzten Tage lag oder mein Hirn generell zu der langsamen Sorte gehörte, ich konnte den Plan hinter den Worten nicht erkennen. Offenbar spiegelte meine Miene die Unwissenheit wider, denn Berghausen kicherte wie ein Schulmädchen.

»Sie machen sich unabkömmlich. Bei den Frauen. Ob man es glaubt oder nicht, viele der Damen haben großen Einfluss auf ihre Männer. Wenn nun die holde Weiblichkeit von Ihnen angetan ist, wird es den Männern schwerfallen, sich gegen Sie zu stellen. Und wenn die Herren Sie schließlich sympathisch finden ...« Berghausen machte eine vage Handbewegung. »Wen man mag, wirft man nicht den Hunden zum Fraß vor.«

Es fiel mir wie Schuppen von den Augen. »Das ist ... brillant.« Sandrin wusste gar nicht, wie recht sie hatte. Der Ballsaal entsprach meinem Schlachtfeld und die Herzen der Damen würde ich mit Pfeilen aus Charme durchbohren.

Ich klatschte vergnügt in die Hände. »Wann beginnen wir?«

»Der Ball findet in drei Tagen statt. Sonnabend«, antwortete Sandrin und zog eine Karte aus seidenem Papier aus ihrer Schürze. »Ich kann gleich einen Boten mit Ihrer Antwort schicken.«

Ohne die Einladung zu lesen, stopfte ich sie in die Tasche meines Jacketts. »Lassen Sie Perlenbach ausrichten, dass ich mich sehr auf diesen Abend freue. Es wird mir eine Ehre sein, ihn in seinem Hause zu besuchen.«

Sandrin knickste und eilte aus dem Zimmer, kaum dass ich ausgesprochen hatte.

»Sie ist eine gute Seele«, murmelte Berghausen und stellte sich neben mich.

»Ich könnte mir keine bessere an meiner Seite wünschen.«

Der Advokat klopfte mir auf die Schulter. »Eine Sache wäre da noch.«

Ich verdrehte die Augen. Es gab immer noch *eine* Sache. »Die da wäre?«

»Sie wollen verheiratete Frauen für sich begeistern. Ein alleinstehender Mann wird auf diesen Veranstaltungen jedoch im Allgemeinen als Schürzenjäger verschrien. Hätten Sie eine Begleitung für diesen Abend?«

Ich stutzte, öffnete den Mund, ohne etwas zu sagen. In Berlin hätte ich aus einer Traube hübscher Mädchen auswählen können – auch wenn die eine oder andere über keinen guten Ruf verfügte. Doch hier kannte ich nur …

»Der Bote ist bereits auf dem Weg!«, rief Sandrin mit geröteten Wangen. Sie hielt in der Bewegung inne, als sie meinen prüfenden Blick bemerkte und sah, wie sich meine Miene allmählich in ein breites Grinsen verwandelte.

»Ich denke, ich wüsste da die perfekte Dame an meiner Seite, die zudem ein wachsames Auge auf mich hat.«

Berghausen stieß einen leisen Pfiff aus und taxierte das Hausmädchen mit derselben kritischen Miene wie ich zuvor. Wahrscheinlich versuchte er, sich den unscheinbaren Hausgeist in einem prachtvollen Kleid vorzustellen. Schließlich lächelte auch er zufrieden. »Das sollte funktionieren. Immerhin handelt es sich um einen Maskenball. Niemand wird eine Angestellte erwarten.«

Sandrin stemmte die Arme in die Seiten und blähte die Nasenflügel. »Mich beschleicht das Gefühl, dass ich nicht mag, was die Herren sich eben ersinnen.«

Zu unserer aller Überraschung konnte Sandrin nicht tanzen. Und mit *nicht tanzen* meine ich, sie war im Besitz zweier linker Füße. Mir kamen Bedenken, wie diese Frau es bisher geschafft hatte, einen Schritt nach dem anderen zu machen, ohne sich dabei den Hals zu brechen.

Ich saß in einem Sessel im Salon, die Hände vors Gesicht geschlagen und bemühte mich inständig, mein Kichern zu unterdrücken. Ein Storch im Salatfeld machte eine bessere Figur als diese junge Frau.

Sandrin ging vor mir auf und ab, die Röcke gerafft und verfluchte die Absätze an ihren Schuhen, die ausnahmsweise höher waren als sonst.

»Aus welchem Grund setzen sich Frauen einer solchen Tortur aus?«, fauchte sie und ließ in einer theatralischen Geste ihre Röcke fallen.

»Die Schuhe strecken das Bein und verschaffen den Damen eine vorteilhaftere Figur«, nuschelte ich hinter den Händen und spähte prüfend zwischen den Fingern hervor. Selbst im Stehen schwankte Sandrin so bedrohlich wie ein Seemann auf Landgang.

»Männer sind oberflächliche Geschöpfe«, folgerte sie mit vor der Brust verschränkten Armen.

Seufzend ließ ich mich nach hinten sinken. »Schuldig im Sinne der Anklage. Sie sollten zusehen, dass Ihre Tanzkarte an diesem Abend leer bleibt. Sonst verletzen Sie sich noch. Oder jemand anderen.« Die letzten Worte verknüpfte ich mit einem Zwinkern, trotzdem entlockten sie Sandrin ein Schnauben.

Der Ball fand in zwei Tagen statt. Das war nicht genügend Zeit, um aus Sandrin eine Meistertänzerin zu machen, aber dass es so schwer würde, hatte ich nicht erwartet. Zu meinem Glück verfügte sie bereits über hervorragende Manieren und ein reizendes Lächeln sowie einen scharfen Verstand und Talent an Konversation. Trotzdem musste ich mir etwas für den Tanz einfallen lassen.

Grübelnd legte ich die Stirn in Falten und tippte mir mit dem Finger ans Kinn.

»Sie betrachten mich wie eine seltene Pflanze, die möglicherweise giftig ist«, murrte

Sandrin und schob schmollend die Unterlippe vor. Ob ihr ein Mann jemals gesagt hatte, wie hübsch sie so aussah und wie gerne man sie in diesem Moment küssen wollte?

Ich räusperte mich – überrascht über meine eigenen Gedanken – und setzte mich auf, als eine Idee mich durchfuhr. Pflanze, Kräuter, Natur, Druidin. Natürlich!

Wie von einer Wespe gestochen sprang ich aus dem Sessel und stürmte zu dem Phonographen, den wir für unsere Übungen aufgebaut hatten. Ich hob die Maschine an, stieß die Terrassentür mit dem Fuß auf und ging nach draußen. Nachdem ich das Abspielgerät auf dem Gartentisch drapiert hatte, eilte ich zurück zur Tür und steckte den Kopf in den Salon. »Kommen Sie endlich?«, rief ich euphorisch.

Sandrin deutete ein verblüfftes Kopfschütteln an, folgte aber meiner Aufforderung und trat auf die Terrasse.

Die Sonne ging bereits unter und tauchte den Wald an meiner Grundstücksgrenze in einen magischen, goldenen Schein. Schwalben jagten über den rosa Himmel und zwitscherten aufgeregt. Es roch nach feuchtem Gras und der Wind kündigte eine kalte Nacht an.

Mein Blick glitt zu der Hecke, hinter der das magische Reich der Elfen und Dryaden lag. Wie Sirenengesang lockte es mich, erneut in diese fremde Welt einzutauchen und mich dort zu verlieren. Der Wunsch, Morera würde

aus der Hecke treten und mir ihr reizvolles Lächeln schenken, erfüllte mein Herz und ließ mich erschaudern.

»Und was haben Sie nun vor?«, riss Sandrin mich aus meinen Gedanken. Sie schlang fröstelnd die Arme um ihren Oberkörper und betrachtete den Garten mit zweifelndem Blick. Es dauerte nur wenige Atemzüge, bis ihre Miene sich entspannte und sie mit Liebe jeden Strauch und jede Blüte betrachtete.

»Wir tanzen«, beschloss ich und hielt ihr auffordernd meine Hand hin. »Tanzen ist Gefühl, Vertrauen, Liebe zur Musik. Nicht dieses steife Gedrehe im Saal. Tanzen ist Leidenschaft, Lebensfreude. Man lässt sich von der Musik verführen und mitreißen.« Geheimnistuerisch beugte ich mich zu ihr. »Ich dachte, wir lassen die Atmosphäre des Ballsaals hinter uns und schaffen uns ein angenehmeres Umfeld.«

»Also tanzen wir im Garten?«, fragte Sandrin verblüfft.

»Wenn es sein muss«, antwortete ich, »dann tanzen wir auch übers Wasser.«

Ein sanftes Lächeln brachte Sandrins Augen zum Strahlen. Sie zog ihren Rock hoch und streifte die verhassten Schuhe ab, ehe sie mir ihre Hand reichte. Kaum hatten meine Finger die ihren umschlungen, lief das Mädchen die Terrasse entlang auf die Wiese.

»Moment, nicht so schnell!«, rief ich lachend, löste mich von meiner Tanzpartnerin, um

zurückzulaufen und den Phonographen anzuschalten. Der schwungvolle Klang eines Walzers schwebte über das Gras, hinauf in den Abendhimmel, wo die ersten Sterne funkelten.

Ich beeilte mich, zu Sandrin zurückzukehren, griff nach ihrer Hand und verbeugte mich. Dabei fiel mein Blick auf ihre nackten Füße, die im Gras versanken. Sandrin knickste kichernd.

Wir nahmen die Tanzhaltung ein – ihre Hand auf meiner Schulter, meine auf ihrem Rücken, die anderen ineinander verschlungen. Der Takt der Musik umgarnte uns wie eine ungeduldige Liebhaberin. Ich wippte mit dem Fuß, wobei mir nicht entging, wie Sandrins Blick prüfend hinabglitt, aus Angst, mir beim ersten Schritt auf die Füße zu treten. Tadelnd zwickte ich sie in die Seite. Sandrin gab ein leises Quietschen von sich und knuffte mir als Antwort gegen das Schlüsselbein.

»Hören Sie auf, so verbissen auf den Boden zu starren«, wies ich sie an. »Konzentrieren Sie sich auch mich. Vertrauen Sie mir. Ich werde sie sicher führen.«

Es war deutlich, dass Sandrin etwas entgegnen wollte, doch biss sie sich stattdessen auf die Unterlippe und legte den Kopf auf die Seite. Ich fing ihren Blick ein und lächelte zufrieden.

Bevor Sandrin wusste, was geschah, machte ich den ersten Schritt und ihre Füße folgten mir wie von selbst. Zwei Takte, drei Takte, vier vergingen, ohne dass wir stolperten oder

uns gegenseitig verletzten. Ich traute mich in die erste Drehung, ließ uns übers Gras fliegen, dass Sandrins Röcke flatterten.

Ein überraschter Laut entwich Sandrins Kehle und sie drückte stolz die Schultern durch. Ihre Augen funkelten im Licht der schwächer werdenden Sonne wie Schneekristalle. Nein, Diamanten. Ich versank darin, angezogen von dem Glanz, die in ihrem Inneren ruhte. Sandrin erwiderte den Blick ohne Scheu, lehnte sich an mich und überbrückte so den Anstandsabstand zwischen uns.

Wir tanzten, drehten, wirbelten – selbst als die Musik verklungen war. Zu groß war meine Angst, sie loszulassen, in die garstige Realität katapultiert zu werden, mit all ihren Problemen und Sorgen. Dieser Moment sollte nie enden. Wir würden tanzen bis in die Ewigkeit, über Wiesen, Meere und hinauf in die Sterne.

Ich schob Sandrin in eine Drehung als hinter uns leises Klatschen ertönte. Wir erstarrten, ertappt wie zwei Liebende, wurden ins Hier und Jetzt zurückgerissen. Eilig entzog mir Sandrin ihre Hand. Ich sah, wie sich überrascht ihre Augen weiteten, während sie nach der Quelle des Geräuschs Ausschau hielt.

Eine innere Stimme verriet mir, dass es besser sei, mich nicht umzudrehen. Ich zögerte, strich meine Weste glatt und atmete tief durch. Langsam wandte ich mich um. Morera stand halb versunken zwischen den Ästen in der Hecke und betrachtete uns mit

zusammengepressten Lippen. Sie wirkte wie eine Statue, so reglos verharrte sie an der Grenze meines Grundstücks.

Sandrin und ich erstarrten ebenfalls zu Salzsäulen. Keiner wagte es, den ersten Schritt zu machen. Meine Gedanken drehten sich im Kreis. Sie war zu mir zurückgekehrt! Sie stand hier, vor mir. Ob sie meinen stummen Wunsch gehört hatte? Ob sie ebenfalls diese Sehnsucht verspürt hatte? Warum blieb sie nicht einfach fort?

Ich räusperte mich und zupfte an meinem Halstuch. »Morera«, krächzte ich und klang verzweifelter, als ich zugeben wollte.

Als ob meine Stimme den Bann gebrochen hatte, trat die Dryade aus dem Dickicht und näherte sich uns vorsichtig. »Das war wunderschön«, wisperte sie leise, doch ich verstand jedes Wort.

Ohne zu wissen, was ich sagen sollte, öffnete ich den Mund, doch Sandrin trat mit einer ruppigen Geste einen Schritt vor. »Was willst du hier?«, fuhr sie das Waldwesen an. Morera zuckte wie unter einem Peitschenhieb zusammen. Sie knetete nervös ihre Hände. Diese Geste ließ sie so menschlich und zerbrechlich wirken, dass ich den Drang verspürte, schützend meine Arme um sie zu legen. Doch Sandrins zorniger Blick hielt mich zurück.

»Ich wollte sehen, wie es euch geht«, antwortete der Waldgeist.

Sandrin zischte entrüstet und strich sich eine Haarsträhne zurück, die sich aus ihrer Frisur gelöst hatte. »Wie es *uns* geht? Seit wann interessierst du dich dafür?«

»Aber …«

»Was?«, knurrte Sandrin. Sie reckte herausfordernd das Kinn und schob sich vor mich, wie um mich vor dem Einfluss dieser Kreatur zu schützen. Und wenn ich ehrlich sein sollte, hatte ich das dringend nötig.

»Es tut mir leid.« Die Stimme der Dryade glich dem Rascheln von Laub und jagte mir einen wohligen Schauer über den Rücken.

»Die Damen, warum gehen wir nicht hinein und reden in …«

Mit einem Wink brachte Sandrin mich zum Schweigen. »Ich sagte dir, du sollst dich von diesem Ort fernhalten. Du versprachst es mir und doch stehst du hier. Nein, Morera, ich bin es leid. Als Wächterin dieses Hains soll es meine Aufgabe sein, euch vor den Menschen zu schützen, doch ich glaube, die Menschen benötigen ebenso meinen Schutz.«

»Wie kannst du das sagen?« Morera schlang erschüttert die Arme um ihren Leib, als ob sie drohte, auseinanderzufallen.

»Ich kann noch viel mehr sagen!« Wütend stapfte Sandrin auf die Dryade zu, den Zeigefinger wie einen Degen erhoben. »Dies ist nicht deine Welt und das aus gutem Grund. Obwohl du es nicht willst, du bist eine Gefahr. Unter den Menschen ist kein Platz für dich.

In Konstantins Leben ist kein Platz für dich. Du zerstörst ihn, nimmst ihm alles und lässt ihn gebrochen zurück. Ich lasse das nicht zu!« Die letzten Worte brüllte sie Morera entgegen, sodass der Waldgeist ängstlich zurückwich.

Nun rang die Dryade nach Worten. Ihr hilfloser Blick glitt zu mir, in der Hoffnung, dass ich ihr beistehen würde, doch ich schwieg betreten.

Eine Stimme tief in mir erklärte mir, wie einleuchtend Sandrins Worte waren und dass ich mich selbst vor der Versuchung schützen musste. Obwohl ich ihr zur Seite stehen wollte, erschien es mir töricht, mich gegen die Druidin zu stellen. Ich hielt es für besser, keine der beiden Seiten zu wählen. Allerdings war mein Schweigen für Morera Antwort genug.

In ihrem Blick zerbrach die Hoffnung. Das Funkeln erlosch, als hätte ein kalter Wind es fortgeweht. Ihre gequälte Miene zerriss mir das Herz. Sie wand sich, versuchte, das Unausweichliche aufzuschieben, stammelte unzusammenhängende Worte.

All das schien Sandrin nicht zu erweichen. Herrisch streckte die junge Frau den Arm aus und deutete auf den Hain. »Geh! Und wenn ich dich auch nur in der Nähe dieses Hauses sehe, wende ich mich an den Pan und schließe die Tore.«

Eine Träne bahnte sich ihren einsamen Weg über die Wange der Dryade, ehe sie lautlos in der Hecke verschwand.

6.

Ich zupfte meine Hemdsärmel zurecht und steckte die Manschettenknöpfe fest. Zum wiederholten Male kontrollierte ich meine Fliege, mein Einstecktuch und den Sitz des Kummerbunds. Wie bereits bei den anderen vierzehn Überprüfungen saß alles genau dort, wo es hingehörte. Ich freute auf einen Abend voller Musik, Tanz und belangloser Gespräche. Seitdem meine Eltern mich des Hauses verwiesen hatten, war es mir nicht möglich gewesen, das Parkett zu betreten. Zumal ich mich im Kerzenschein und unter Einfluss von Alkohol von meiner besten Seite zeigen konnte. Die Herzen der Damen würden mir zufliegen und damit auch die Zustimmung ihrer Männer.

Warum also war ich so nervös? Den ganzen Nachmittag hatte ich bereits gegen schwitzende Hände gekämpft, ein Kratzen im Hals und ein nervenaufreibendes Zucken meines linken Augenlids. Von diesem Abend hing meine Zukunft als Geschäftsmann ab und damit mein ganzes Leben, Vermögen und sämtliche Versprechungen gegenüber Waldgeistern und Druidinnen.

Sandrin – ja, möglicherweise stellte sie einen weiteren Grund für meine wachsende Unruhe dar. Der Gedanke an unseren Tanz im Garten brachte unzählige Schmetterlinge in meiner Magengegend zum Flattern. Ihr erneut so nahe sein zu können, berauschte mich. Und doch existierte in meinem Kopf die Angst, sie zu enttäuschen, wenn es mir nicht gelang, den Hain zu retten.

Das Knarren des oberen Treppenabsatzes ließ mich aufschauen. Eine strahlende Gestalt hielt auf der ersten Stufe inne wie ein Reh, das selbst das Knacken eines Astes verschrecken könnte. Sandrin bedachte mich mit einem scheuen Lächeln. Eine weiße Halbmaske mit goldenen Verzierungen verbarg ihr Gesicht, doch die Aufregung brachte ihre Augen zum Glühen. Zum ersten Mal seit ich Sandrin kannte, trug sie ihr Haar offen. Es glich bei Weitem nicht dem zerzausten Nest und den widerspenstigen Strähnen, die sie sonst zu zähmen versuchte, sondern fiel wie flüssige Sonnenstrahlen über ihre Schultern. Wallender Stoff in der Farbe von Aprikosen schlang sich um Sandrins Gestalt und verwandelte sie in eine zarte Frühlingsblüte. Der Rock liebkoste ihre langen Beine, als sie die Treppe herabstieg, und die nicht enden wollende Schleppe begleitete jede ihrer Bewegungen mit einem Rascheln, das wie ehrfurchtsvolles Flüstern klang.

Erst nachdem die junge Frau vor mir stehen blieb und mit erwartungsvollem Blick zu mir aufschaute, bemerkte ich, dass ich sie mit offenem Mund anstarrte. Ich schlug die Zähne so fest aufeinander, dass mir der Kiefer schmerzte, nahm Haltung an und räusperte

mich. »Sandrin ... Sie ... Also ...« *Na, das konnte ich auch mal besser*, maßregelte ich mich selbst und stieß frustriert die Luft aus. »Sie sehen bezaubernd aus. Die Damen werden neidisch sein, wenn Sie mit Ihrem Glanz den Saal erhellen.«

Berührt senkte das Mädchen den Blick. »Sie sind ein elender Charmeur, Konstantin«, tadelte sie mich mit zuckersüßer Stimme. Vorsichtig nahm sie mir meine Maske aus der Hand, trat hinter mich und versteckte mein Gesicht hinter dem weißen, kalten Porzellan, verbarg so auch meine Ängste und Zweifel, die der Abend mit sich brachte.

Sandrin legte mir ihre Hand auf den Unterarm. Obwohl ihre Mimik nicht zu erkennen war, erahnte ich ihre zweifelnd zusammengezogenen Augenbrauen. »Bereit?«, wollte sie von mir wissen und bot mir damit einen letzten Ausweg. Doch mir war bewusst, dass ich mich dem Wolfsrudel stellen musste und es unter diesen Bedingungen auch konnte.

Ein letztes Mal atmete ich tief durch und nickte. Ja, mit Sandrin an meiner Seite konnte ich es sogar mit Drachen aufnehmen.

Perlenbach ließ sich nicht lumpen und machte mit einem prunkvollen Fest die Position seiner Familie in der Gesellschaft deutlich. Meine liebe Frau Mutter wäre grün vor Neid geworden, hätte sie einen Blick auf

die grazilen Kristallleuchter, die mit Blattgold verzierten Säulen und den polierten Marmor werfen können. Bedienstete schoben sich mit Tabletts voller Champagnergläser und Pralinen durch eine bunt gekleidete Meute. Damen mit hohen Turmfrisuren, Federn und ausufernden Kleidern, die jede Bewegung zur Herausforderung machten, kicherten mädchenhaft hinter Fächern, während Herren in Fracks um ihre Aufmerksamkeit buhlten.

Genüsslich sog ich die Luft ein, die schwer von Parfum, Alkohol und Puder war.Ich liebte das wohlige Kribbeln, welches mich erfasste. Dies war meine Welt, meine Bühne, und mit jedem Moment in diesem Treiben festigten sich meine Schritte. Tief in mir erwachte der Konstantin, der in Berlin jede Feierlichkeit mit charmantem Humor, Komplimenten und Tänzen bereichert hatte. Staunen und Missgunst flogen uns zu, als wir den Saal betraten. Dieses Gefühl galt in erster Linie Sandrin, die im Vergleich ein eher unauffälliges Kleid trug und trotzdem die Schönste im Raum war. Sie kam kaum einen Meter weit, ohne weitere Aufforderungen zum Tanz, die sie stets galant ablehnte.

Mir blieb nicht verborgen, dass sich das Hausmädchen in ihrer neuen Rolle als edle Dame nicht wohl fühlte. Sie hielt sich stur an meiner Seite, gab sich ruhiger als sonst und betrachtete alles aus ihren großen, runden Augen.

»Sie sollten sich mehr amüsieren und nicht verhalten wie ein zu Tode erschrockenes Kaninchen vor der Schlange«, flüsterte ich und klaute einem vorbeirauschenden Bediensteten zwei Gläser mit perlender Flüssigkeit, wovon ich eines an meine Begleitung weiterreichte.

Sandrin nahm die Kristallflöte mit einem schiefen Grinsen entgegen und schnupperte an dem Inhalt. »Es würde mir leichter fallen, wenn hier nicht so viele Schlangen lauern würden.«

»Lächeln Sie«, empfahl ich und stieß mein Glas auffordernd gegen ihres. »Das entwaffnet die meisten Herren augenblicklich.« In einer rhetorischen Pause nippte ich an meinem Glas. »Zudem kann ich mich an ihrem Lächeln nicht sattsehen.«

Überrascht kniff Sandrin die Augen zusammen, doch stahl sich ein sanftes Lächeln auf ihre Lippen, das sie schnell mit einem Schluck Champagner verbarg. Ich wagte nicht, zu beurteilen, ob es an meinen Worten oder dem Alkohol lag, doch gelang es Sandrin, sich zu entspannen. Sie strahlte wie ein Diamant, bedankte sich für Komplimente und lehnte kokett ambitionierte junge Männer ab, die sich auf ihrer Tanzkarte eintragen wollten. Gemeinsam tauchten wir zwischen Wölfen und Schlangen, schüttelten Hände, wechselten höfliche, aber leere Worte. Die Zeit verflog geschwind. So hatte ich mich lang nicht mehr amüsiert. Gelegentlich vergewisserte ich mich mit einem Seitenblick, ob es

Sandrin ebenso ging. Zu meiner Beruhigung lachte sie, prostete mir zu und plauschte angeregt mit Frau Meise über die neusten Stoffkreationen aus Frankreich.

»Herr von Heerstein!« Marlene Perlenbach, die Dame des Hauses, trat auf uns zu, gefolgt von zwei jungen Frauen in auffälligen blaugrünen Kleidern, die mit Pfauenfedern geschmückt waren und dazu passenden schnabelartigen Masken. Ihre hohe Stimme bereitete einem schon nach kürzester Zeit Kopfschmerzen und übertönte sogar das anwesende Streichquartett.

Mehr Aufmerksamkeit verlangte allerdings ihr üppiges Dekolletee. Ihre Brüste wurden von einer brokatbesetzten Korsage im Zaum gehalten und schienen bemüht zu sein, diesem Gefängnis zu entfliehen, in dem sie nach oben hinausquollen. Ohne es zu wollen, glitt mein Blick immer wieder zu diesem modischen Desaster, froh über die Maske, durch die man mein Erröten nicht bemerken konnte. Alles in allem war diese Frau eine unangenehme Person, doch ihre Familie entstammte altem Adel und besaß Geld – Grund genug für Perlenbach, sie zu ehelichen.

»Marlene, habe ich Ihnen schon gesagt, wie wundervoll Ihr Anwesen ist? Das ganze Arrangement zeugt von Stil und Geschmack«, begrüßte ich die Gastgeberin, verärgert darüber, ihr bereits zum zweiten Mal an diesem Abend ausgeliefert zu sein.

»Seht ihr, Mädchen«, schrillte Frau Perlenbach wie eine grauenhafte Sirene und klatschte in die Hände. »Ich sagte euch doch, er ist ein charmanter Herr, der stets die richtigen Worte findet.«

Der Aufforderung nachkommend giggelten die beiden jungen Damen und warfen sich verschwörerische Blicke zu. Ich ahnte Schreckliches.

»Herr von Heerstein, ich möchte Ihnen meine Tochter Rosemarie und ihre Freundin Isabella Wendig zu Primsen vorstellen.«

Ich katzbuckelte vor den Frauen, griff nach der Hand der Tochter und hauchte einen Kuss auf die Haut. »Es ist mir eine Ehre.«

»Ganz meinerseits.« Überraschender Weise hatte die Stimme des Mädchens nichts mit der ihrer Mutter gemein. Stattdessen besaß sie so einen tiefen Bariton, dass ich mich fragte, ob man nicht einen Mann in ein Kleid gesteckt hatte.

»Wenn Ihnen das Haus gefällt, sollten Sie uns im Sommer zum Tee besuchen. Meine liebe Rosemarie hat ihrem Namen nach ein ausgezeichnetes Händchen für englische Rosen, die wahrlich prächtig in unserem Garten gedeihen.«

»Ein faszinierender Zeitvertreib«, gab ich schmunzelnd zu und warf Sandrin einen amüsierten Blick aus dem Augenwinkel zu. Für mich konnten es diese steifen Rosen niemals mit der Schönheit von Wildblumen und Kräutern aufnehmen, die hinter meinem Haus wucherten.

»Habe ich Ihnen schon meine Begleiterin vorgestellt?«, erinnerte ich mich meiner Manieren, legte den Arm um Sandrin und schob sie sanft vor mich.

Frau Perlenbachs Miene verfinsterte sich wie eine heranrollende Gewitterfront. »Man sagte uns, Sie würden alleine erscheinen.«

Sandrin – sich ihres plötzlichen Selbstbewusstseins sicher – herzte die Dame des Hauses und gab ihr einen Kuss rechts und links auf die Wange. »Ich kann Ihnen gar nicht sagen, welche Ehre es für mich ist, an diesem Abend teilnehmen zu dürfen. Als Konstantin mir davon erzählte, erfasste mich beinahe die Hysterie. Es gibt nicht viele Wünsche, die sich ein Mädchen erfüllen kann, wie einem Ihrer Feste beiwohnen zu dürfen.«

Schon hellte sich die Miene der Älteren auf und der Sturm an Missbilligung war abgewendet. Auch ich zog überrascht die Augenbrauen hoch. Da war eindeutig schauspielerisches Talent vorhanden.

»Was für ein reizendes Fräulein«, gurrte Marlene und faltete gerührt die Hände vor der Brust. »Sagen Sie mir, in welcher Beziehung stehen Sie zueinander?«

Bevor Sandrins Stocken auffallen konnte, sprang ich für sie ein. »Sandrin ist die Nichte des Advokaten Berghausen. Sie kennen ihn? Ein ehrbarer Mann. Er war so gut, mir das junge Fräulein zur Seite zu stellen, um mich auf Villa Hohenhof und in dieser

Stadt zurechtzufinden. Sie geht mir in allen wichtigen Belangen zur Hand, wenn der Herr Advokat unpässlich ist.«

Frau Perlenbach nickte meine Antwort beruhigt ab, legte mir dann die Hand auf den Arm. »Sehr gescheit, doch seien Sie sicher, unsere Heimat ist kein Hexenkessel.«

Sandrin, die gerade Champagner trank, hüstelte kurz und rettete sich in ein entschuldigendes Lächeln.

Unbeirrt fuhr Marlene fort: »Sie stammen immerhin aus Berlin. Dagegen ist unsere Stadt doch tiefste Provinz.«

Ich hob die Schultern und tätschelte die Hand der Dame. »Glauben Sie mir, ich sehne mich nicht zurück nach dieser gewaltigen, stinkenden Ansammlung von Menschen.«

»Ach, Sie scherzen. Ich stelle mir die Festlichkeiten dort viel pompöser vor. Erzählen Sie mir von den Bällen in Berlin.«

»Ich entschuldige mich, Sie enttäuschen zu müssen, doch gibt es dort keinen Unterschied«, ging ich darauf ein und bemühte mich, das Schiff um den Eisblock meiner Vergangenheit zu manövrieren. Meine Eskapaden in der Gosse eigneten sich nicht als Gesprächsthema an diesem Abend, wenn ich einen guten Eindruck hinterlassen wollte.

»Papperlapapp …«

»Warum zeigen Sie den Damen nicht Ihren Trick mit der Uhr?«, eilte Sandrin mir zur Hilfe. Sie lächelte mir aufmunternd zu und

deutete auf die Fracktasche, aus der eine dünne Kette hing. »Ein faszinierendes Stück Berliner Handwerkskunst«, wandte das Hausmädchen sich an die anderen Damen. Neugierig traten die Angesprochenen näher.

So zog ich ergeben die Uhr aus der Tasche und bettete sie sanft in meiner Handfläche. Das polierte Metall funkelte im Licht und ich spürte das Ticken der Zahnräder auf meiner Haut.

Tochter Perlenbach rümpfte die Nase. »Scheint mir eine gewöhnliche Uhr zu sein«, brummte sie und verschränkte die Arme vor der Brust. Durch ihren Blick brachte Sandrin das Mädchen zum Schweigen.

»In den Gärten Berlins ist es ein fantastischer Zeitvertreib«, lenkte ich die Aufmerksamkeit auf mich und drehte an einem Rädchen am Rücken der Uhr. »Es mutet an wie Magie und ist doch eine Errungenschaft der Technik, vollbracht von den geschickten Händen des Menschen.«

Ich betätigte den Knopf oberhalb der Uhr. Statt aufzuspringen, wie es üblich war, öffnete sich die Abdeckung wie filigrane Flügelchen einer Libelle. Einen Atemzug lag der Zeitmesser still in meiner Hand. Plötzlich begann er, einem Kolibri gleich, zu flattern, hob sich von meinen Fingern und schwebte zwischen uns.

Den Frauen entwich ein entzückter Laut. Auch Sandrins Augen weiteten sich überrascht. Gespräche in unserer Nähe verstummten und alle beobachteten das schwebende Maschinchen.

Als ob sie darauf gewartet hatte und sich erst aller interessierten Blicke sicher sein wollte, zischte die Uhr bis an die Decke und quer durch den Saal, um sich wie ein Raubvogel auf den Cellisten des Streichquartetts zu stürzen. Dem Musiker entglitt vor Schreck sein Bogen. Entrüstet sprang er auf und riss dabei die Notenständer seiner Kollegen um. Mit einem katzenhaften Gekreische endete die Musik.

Stattdessen erfüllte schadenfrohes Lachen den Raum. Frauen deuteten auf das fliegende, funkelnde Ding. Männer, die sich brillieren wollten, versuchten, es zu fangen. Dabei ging nicht nur ein Tablett voller Gläser zu Bruch.

Sandrin verbarg ihr Grinsen hinter der Hand, doch ich konnte am Zucken ihrer Schultern sehen, dass sie um ihre Fassung rang. Selbst rutschte mir ein lautes Lachen raus, als mir bewusst wurde, welches Chaos ich da angerichtet hatte.

»Wenn die Herren so gütig wären, mir beim Einfangen zu helfen!«, rief ich, in der Hoffnung, noch mehr Missgeschicke zu vermeiden.

Hilfe bekam ich auf eine andere Art. Ein Bediensteter stieß – um die dünnen Glasscheiben zu retten – die Terrassentür auf und meine Taschenuhr entfloh in den dunklen Garten, gefolgt von tosendem Applaus.

Ich biss mir auf die Zunge, um nicht laut zu fluchen, und eilte meinem Schmuckstück hinterher. Die kalte Nachtluft legte sich sanft

auf meine erhitzten Wangen. Ich brauchte einen Moment, bis sich meine Augen an die Dunkelheit gewöhnt hatten. Mit in die Seite gestemmten Armen stand ich auf der Terrasse und sah mich um. Meine Uhr zwischen Büschen, perfekt gestutztem Gras und Rosen zu finden, glich der Suche an einem Ostermorgen. Wahrscheinlich würde ich eher Eier finden als mein Schmuckstück.

Mürrisch betrat ich den Garten und steuerte den erstbesten Buxbaum an, da ich schließlich irgendwo beginnen musste. Ein Zittern erfasste den Busch und ließ mich innehalten. Seine Äste reckten sich zur Seite, als ob sie nach etwas griffen, dass sie verzweifelt begehrten. Ein elektrisierendes Knistern krabbelte über meine Finger, den Arm hinauf und beschleunigte meinen Herzschlag. Ich kannte nur ein Wesen, das diesen Zustand heraufbeschwören konnte.

»Morera«, hauchte ich, nicht ohne schmerzende Sehnsucht in der Stimme.

Die Dryade wuchs aus dem Boden wie eine Wildblume. Aus Blättern und Ranken erschuf sie sich ein Abendkleid, dem Anlass angemessen. Die Röcke aus Laub raschelten leise im Wind und eine Corsage aus dünnen Ästen schlang sich um ihren Leib. Das Licht des Mondes schimmerte auf ihrer Haut und brachte die weißen Blätter in ihrem Haar zum Leuchten. Der Blick ihrer dunklen Augen ruhte auf mir und zog mich an wie ein mystischer Strudel.

Ich schluckte gegen die Trockenheit in meinem Hals an und schwankte zwischen dem Wunsch, wegzurennen und die Schönheit an mich zu ziehen. Wortlos standen wir uns gegenüber, beide unschlüssig, wie wir reagieren sollten.

Es war Morera, die unsere Starre brach. In ihren gefalteten Händen verbarg sie meine Taschenuhr, die sie mir wortlos reichte. Zitternd griff ich nach dem Schmuckstück, darauf bedacht, dass unsere Finger sich nicht berührten.

»Was ...?«

Bevor ich meine Frage aussprechen konnte, fiel mir die Dryade seufzend um den Hals.

»Es tut mir leid, Konstantin. Ich musste dich sehen!«

Ergeben drückte ich Morera an mich, vergrub meine Nase in ihrem Haar und genoss den Geruch nach Moos, nassem Waldboden und Blumen. Ich erlaubte mir einen Moment der Schwäche, sog ihre Wärme und Nähe in mir auf, bis mich das Gewissen mit seinen scharfen Krallen ansprang und sich in meinem Nacken festbiss.

Mit einem Ruck löste ich mich von dem Waldgeist und wich einen Schritt zurück, um Abstand zu gewinnen. »Du solltest nicht hier sein.«

»Ich weiß, aber ...«

»Nein!«, unterbrach ich sie mit Nachdruck. »Du verstehst nicht. Du *darfst* nicht hier sein.« Morera zog die Brauen zusammen und warf flehend die Hände in die Luft. »Was

habe ich falsch gemacht? Du wolltest mich kennenlernen. Mich und meine Welt, und nun weichst du mir aus und meine Wächterin droht mir. Erkläre es mir, Mann der vielen Worte.«

Ich fand sie nicht, die richtige Erwiderung. So wie sie es sagte, erschien es mir logisch. Ich hatte sie eingeladen, ein Teil meines Lebens zu werden, und nun wollte ich sie daraus verbannen. Wie sollte sie es verstehen, wenn ich es selbst nicht konnte?

»Weil unsere Welten nicht zusammenpassen«, hörte ich mich sagen. »Weil du meine Welt zerstörst.«

Das Entsetzen in ihrem Gesicht zerbrach mir das Herz. »Ich … wollte dir nie schaden«, beschwor Morera mich. Sie verzog das Gesicht, als spürte sie einen plötzlichen Schmerz in sich. »Ich dachte, du wärst der Beweis, der Schlüssel zu einem gemeinsamen Leben von Menschen und Waldgeistern.«

Ich hob beruhigend die Hände, trat auf die Dryade zu, doch dieses Mal war sie es, die zurückwich. »Glaube mir, die Menschen sind nicht bereit dafür«, raunte ich mit rauer Stimme und ließ die Arme sinken.

Traurigkeit und Abschiedsschmerz drohten, uns zu zerdrücken. Ich wagte es nicht, meinen Blick abzuwenden, aus Angst, es könne das letzte Mal sein, dass ich die Dryade sah. Erst das Geräusch von Schritten auf der Veranda schreckte uns auf. Morera verschmolz mit den

Schatten und dem Buxbaum, während ich mir fahrig durchs Haar strich.

»Konstantin?« Perlenbachs Stimme klang zu mir herüber. Ich musste gegen das Licht aus dem Saal anblinzeln und konnte nur einen hochgewachsenen Schemen ausmachen.

»Ich bin hier«, antwortete ich mit zitternder Stimme und räusperte mich.

Perlenbach blieb auf halbem Weg zu mir stehen. »Haben Sie Ihr kleines Spielzeug gefunden, mein Freund?«

Wortlos hob ich die Uhr in die Höhe, ohne zu wissen, ob Perlenbach den Gegenstand in meiner Hand erkennen konnte.

»Bestens! Lassen Sie uns wieder reingehen. Die Nacht ist recht frisch. Es gibt da etwas, dass ich Ihnen unbedingt zeigen muss.«

Bitte nicht noch eine Tochter, schoss es mir durch den Kopf.

»Natürlich, einen Moment. Ich bin sofort bei Ihnen«, antwortete ich ausweichend und warf dem Busch hinter mir einen verstohlenen Blick zu. »Leb wohl«, flüsterte ich den Blättern zu und wollte mich abwenden, als eine Hand aus den Ästen schoss und mich am Ärmel festhielt.

»Konstantin, geh nicht«, klang es dumpf aus dem Laub. »Dieser Mann ist gefährlich. Bitte. Ich habe vorhin gesehen ...«

»Ist schon gut«, murmelte ich sanft und streifte ihre Finger ab. »Er ist ein falscher Hund, aber ich bin gewarnt.«

»Jetzt verstehst *du* nicht«, zischte Morera.

»Meine Liebe, ich wäre Ihnen sehr verbunden, wenn Sie sich ab sofort aus meinem Leben heraushalten würden«, forderte ich mit zu viel Nachdruck, was mir erst bewusst wurde, als die Worte ausgesprochen waren. Ich hatte eine Entscheidung getroffen – so sehr es mich auch schmerzte.

Mit einem Ruck wandte ich mich von der Schönheit ab, trat die Veranda hinauf zu Perlenbach, der den Arm um mich legte und Richtung Tür schob. Das Knacken eines Astes ließ mich heftiger zusammenfahren, als angemessen gewesen wäre, sodass der Geschäftsmann einen alarmierten Blick über die Schulter warf. »Was war das? Haben Sie etwas im Garten gesehen?«

Ich schüttelte den Kopf und verstaute die Taschenuhr im Frack. »Vielleicht ein Kaninchen, das zu spät ist?«, versuchte ich charmant abzulenken.

Perlenbach kniff die Augen zusammen und gab ein leises Brummen von sich. »Ja, vielleicht.«

Wir betraten den Saal und wurden von höflichem Applaus begrüßt. Ich lächelte berührt und winkte ab. Neben mir tuschelten zwei Damen und verbargen sich kichernd hinter ihren Fächern.

Ich hielt Ausschau nach Sandrin, die immer noch mit den Damen des Hauses Konversation betrieb und mir zaghaft winkte. Zögernd nickte ich ihr zu, überlegte, wie ich

zu ihr gelangen konnte, um mit ihr wegen Morera zu sprechen, als Perlenbach mir kräftig auf die Schulter klopfte.

»Begleiten Sie mich. Es betrübt mich sehr, Sie an diesem Abend mit etwas Geschäftlichem zu belangen, doch manche Dinge lassen sich nicht aufschieben.«

Mein Hirn suchte krampfhaft nach einer Entschuldigung, doch der Geschäftsmann wandte sich bereits ab und erwartete, dass ich ihm folgte. »Wenn ich nur kurz …«, hob ich an.

»Es wird schnell gehen«, versprach Perlenbach.

Ich seufzte ergeben und beeilte mich, hinter ihm zu bleiben. Mein Geschäftspartner führte mich aus dem Saal, den Westflügel entlang und eine Treppe hinauf bis zu seinem Arbeitszimmer. Er stieß die Tür auf und bat mich an ihm vorbei einzutreten.

Zu meiner Überraschung war der gesamte Vorstand meines Unternehmens versammelt.

»Meine Herren«, begrüßte ich sie und zupfte unruhig meine Ärmel zurecht. Erneut beschlich mich das Gefühl, ein Kaninchen zu sein, das dem Wolfsrudel zum Fraß vorgeworfen wurde. Etwas ging vor sich – und es war nichts Gutes. Aufmerksam hob ich den Blick und harrte der Dinge, die da kommen sollten.

Perlenbach klatschte auffordernd in die Hände. »Ich bin untröstlich, Sie alle von den Festivitäten weggeholt zu haben, aber ich verspreche Ihnen, dass ich mich sputen werde.«

In einer theatralischen Pause schritt Perlenbach um seinen Schreibtisch herum, griff nach einer Mappe und schlug sie auf. Von meinem Standpunkt aus konnte ich nicht erkennen, um was für einen Inhalt es sich handelte, sodass ich langsam näher trat.

»In der Abwesenheit von Herr von Heerstein mussten Entscheidungen getroffen werden, um unser aller Interessen zu schützen. Es wird auch nicht in Ihrem Sinne sein, größere Verluste zu machen, nicht wahr?« Die Frage galt mir und entlockte mir ein zögerliches Nicken. Was hatte der Teufel ausgeheckt?

»Konstantin, wir sind uns einig, dass Ihre Anwesenheit im Vorstand nicht länger vonnöten ist. Ich bin mir sicher, dass es zu Ihrem und unserem Besten ist, sind Ihre Interessen wahrlich ganz anders gelagert.«

Obwohl ich es geahnt hatte, traf mich die Verkündung wie ein Schlag in den Magen.

»Sie schmeißen mich raus?«, fasste ich zusammen.

Perlenbach schnalzte tadelnd mit der Zunge. »Wir bieten Ihnen eine Alternative, um das Optimum für alle zu gewährleisten.«

Ablehnend verschränkte ich die Arme vor der Brust. »Und wie soll das aussehen?«

»Sie überlassen uns einen Großteil Ihrer Anteile, für die wir Sie fürstlich entlohnen. Mit dem Rest bleiben Sie stiller Teilhaber, womit Ihr Lebensstil finanziert werden kann. Sie widmen sich ... der Kunst und wir führen die Firma.«

»Ich überlasse *Ihnen* einen Großteil meiner Anteile, Perlenbach«, las ich zwischen den Zeilen. »Damit sind Sie Hauptanteilseigner.«

Der Angesprochen deutete ein Schulterzucken an. »Ein Umstand, der Sie nicht zu interessieren hat. Ich bin der Einzige, der aktuell genügend Barmittel aufbringen könnte, um Sie auszuzahlen.«

»Das wird nicht nötig sein«, presste ich hervor und richtete meinen Kragen.

Perlenbach wechselte einen irritierten Blick mit seinen Kollegen, unter denen weibisches Getuschel ausbrach. »Wie meinen?«

»Ich akzeptiere Ihre Sorge um das Unternehmen, meine Herren, doch ich darf Ihnen versichern, dass ich ab sofort die volle Verantwortung für meine Aufgaben übernehmen werde und Ihnen zur Seite stehe.« Meine Worte klangen mutiger als ich mich fühlte. Ich hoffte, mit durchgedrückten Schultern und erhobenem Kinn die passende Ausstrahlung gefunden zu haben.

Mein Gegenüber hingegen schaffte es, bedrohlicher zu wirken. Seine Brauen zogen sich so tief zusammen, dass sie vermeintlich die Augen verschlucken wollten, während sich seine Kiefer anspannten. Der Leitwolf setzte zum finalen Schlag an. »Ich muss mich wohl deutlicher ausdrücken. Bei unserem Anliegen handelt es sich nicht um ein Angebot im eigentlichen Sinne, sondern um eine Aufforderung, uns Folge zu leisten.

Sie *werden* diese Änderungsklausel unterschreiben, von Heerstein.«

»Bestimmt nicht, ohne vorher meinen Anwalt zu kontaktieren«, protestierte ich.

»Berghausen wird diesem Kontrakt mit Sicherheit zustimmen, da es ihm viel Arbeit erleichtert. Seien wir ehrlich, einer Person wie Ihnen kann man die Realität des Geschäftslebens nicht nahebringen.«

Die Ohrfeige saß. Wunden, die mein Vater geschlagen hatte, brachen wieder auf. Ich war ein Nichtsnutz, Tunichtgut und zu nichts zu gebrauchen. Statt sich etwas aufzubauen, zu heiraten und ein ehrbarer Mann zu sein, scheiterte ich an den leichtesten Hürden der Gesellschaft. Niemals würden sie mich akzeptieren, niemals würde ich zu ihnen gehören.

Widerstand regte sich in mir und ließ mich schnauben. »Berghausen wird es eine diebische Freude sein, mich zu unterstützen, wenn er Ihnen so eins auswischen kann«, bluffte ich. »Das Thema ist beendet, meine Herren. Wir sehen uns auf der nächsten Vorstandssitzung. Wenn Sie mich nun entschuldigen würden. Ich möchte meine Begleitung nicht länger warten lassen.«

Hastig drehte ich mich um und stolzierte zur Tür.

»Meinen Sie die junge Frau im Saal oder die Fremde aus dem Garten?«, hielt Perlenbach mich zurück. Seine Stimme besaß einen düsteren Unterton.

Eiskristalle stachen in meinen Rücken und ließen mich innehalten. Zögernd drehte ich mich wieder um und entdeckte das triumphierende Lächeln des Geschäftsmanns.

Eine Tür zum Nebenzimmer öffnete sich und zwei junge, breitschultrige Männer in schlichter Arbeiterkluft zerrten eine fauchende Morera in den Raum. Die Dryade versuchte verzweifelt, sich aus den schraubstockartigen Griffen der Herren zu befreien. Sie trug immer noch ihr Blumenkleid, sodass sie für die anderen Herren wie ein Mensch in einem passenden Kostüm für den Ball aussah. Nur ich wusste, welch gefährliches Geheimnis sich darunter verbarg. Erst als sie mich erblickte, erstarrte sie wie vom Donner gerührt.

»Konstantin«, keuchte sie und biss sich auf die zitternde Unterlippe. »Es tut mir leid, ich wollte sie nicht verletzen.«

Hastig gab ich ihr ein Zeichen zu schweigen.

»Also gehört diese Dame wirklich zu Ihnen«, folgerte Perlenbach. »Meine Angestellten erwischten sie. Haben Sie da irgendeine Erklärung für, von Heerstein?«

Ich rang um Fassung, ballte die Hände zu Fäusten, um ihr Zittern zu verbergen. »Perlenbach, Sie gehen zu weit. Lassen Sie die Dame sofort gehen.«

»Sobald Sie unterschrieben haben«, instruierte mich der Geschäftsmann und zog einen Füllfederhalter aus der Schublade.

»Sonst?«, fragte ich lauernd. »Wollen Sie mir drohen?« Ich lachte rau und warf Morera einen kurzen Blick zu. Nur zu gut erinnerte ich mich an die Vorführung ihrer Kräfte in meinem Garten. *Können Sie allem die Energie entziehen? Allem.* »Ich befürchte, das würde nicht gut für Sie enden.«

Morera schüttelte hastig den Kopf. Der Einsatz ihrer Kräfte würde sie verraten und uns alle in noch größere Gefahr bringen. Es lag an mir, uns ungeschoren aus dieser Lage zu befreien.

»Ich würde es drauf ankommen lassen«, säuselte Perlenbach, drehte den Füllfederhalter auf und reichte ihn mir.

Natürlich konnte meine Unterschrift das Theater beenden und wahrscheinlich auch einen Großteil meiner aktuellen Probleme lösen. Ich müsste mich nicht mehr um diese langweiligen Belange kümmern, konnte mich möglicherweise um den Traum einer eigenen Kunstgalerie bemühen und vielleicht Zeit mit Morera und Sandrin verbringen, um die Magie zu verstehen. Aber die Dryade wäre nicht in Sicherheit. Ich konnte nicht riskieren, dass jemand ihr Geheimnis lüftete. Doch es war so leicht, den Weg des geringsten Widerstandes zu gehen, und ich war kein mutiger Mann.

Verzweifelt gab ich nach und griff nach der Mappe und dem Füllfederhalter. Ich tat so, als überflöge ich die Seiten, doch in Wahrheit verschwammen die Worte vor meinen Augen.

»Konstantin, nicht!«, flehte Morera und riss erneut an ihren menschlichen Fesseln. »Das darfst du nicht!«

»Es tut mir leid«, murmelte ich, zu schwach, um sie anzusehen.

»Er will den Wald!«

Die Füllfeder hielt eine Haaresbreite über dem Papier an. »Den Hain? Meinen Hain? Wieso das?«

»Offiziell gehört das Stück Land zum Vermögen der Firma. Wir benötigen ein Grundstück für eine neue Lagerhalle. Das ist die günstigste Alternative«, erklärte Perlenbach gelangweilt.

»Sie wollen den Hain roden?«, platze es empört aus mir heraus.

Perlenbachs Miene blieb regungslos und kalt. Meine Frage interessierte ihn nicht.

»Das kann ich nicht erlauben. Ich akzeptiere jede Bedingung, aber der Wald bleibt in meinem Besitz«, forderte ich.

»Sie sind nicht in der Position, um Bedingungen zu stellen.« Auf einen Wink von Perlenbach verdrehte einer der Handlanger den Arm von Morera, die gequält aufstöhnte.

»Hören Sie, Perlenbach«, beschwor ich ihn und legte den Füllfederhalter auf den Schreibtisch. »Ich kann es Ihnen nicht erklären, denn Sie würden es mir nicht glauben, aber dieser Wald darf *niemals* gefällt werden. Niemals.«

»Fangen Sie mir jetzt nicht an, von der Schönheit der Natur zu faseln. Der Wald muss

dem Fortschritt unserer Zeit weichen!« Mein Hinhalten ließ Perlenbach seine Erziehung vergessen. Er spie mir die Worte zornig entgegen und schlug mit der Faust auf die Tischplatte. »Unterschreiben Sie endlich!«

Ich ließ die Mappe fallen. Der Kontrakt flatterte zu Boden, was den sonst so teilnahmslosen Anwesenden ein empörtes Zischen entlockte.

»Morera«, wandte ich mich an die Dryade. »Wir gehen.« Verwirrung spiegelte sich in ihrem Gesicht wider, denn ich verlangte viel von ihr. »Bist du dir sicher?«

»So sicher war ich mir in meinem ganzen Leben nicht.«

Kichernd warf sich die Dryade herum. Äste brachen aus ihrer Korsage, wickelten sich um die Arme ihrer Wächter bis hoch zu ihren Kehlen. Die armen Männer kreischten auf wie Mädchen, dabei fing ihr Leid erst an. Morera gab ein Zischen von sich. Ihre Ranken zuckten und bildeten Dornen, die sich tief ins Fleisch ihrer Opfer gruben. Dunkel traten die Adern der Männer hervor. Wimmernd und schluchzend versuchten sie, sich aus der Umklammerung zu lösen. Dabei rissen sie sich die Haut auf und Blut lief aus den Wunden.

Zwei ewig anmutende Herzschläge kämpften die Männer gegen das Unausweichliche an, doch Schmerz und Kraftlosigkeit ließen sie in die Knie gehen. Morera entzog ihnen ihre Lebensenergie und führte sie sich selbst zu. Wie eine Rachegöttin beugte sie sich über die Gepeinigten und beobachtete mit Genuss, wie die Haut der Männer grau und porös wurde. Ihre Wangen fielen ein, der Leib magerte ab. Das Haar wurde grau und fiel schließlich aus. Ein letzter rasselnder Atemzug kam über ihre aufgeplatzten Lippen, dann kippten sie leblos zur Seite.

Für einen Moment hielt die Welt den Atem an, nur um dann in Panik auszubrechen. In blinder Angst versuchten meine Geschäftspartner, das Arbeitszimmer zu verlassen, rempelten sich dabei an und schrien wild durcheinander. Jemand stieß mich zur Seite. Ich strauchelte, fiel zu Boden und wurde vom Fuß eines Flüchtenden am Kopf getroffen. Sterne tanzten vor meinem Sichtfeld.

Perlenbach stolperte ebenfalls zurück, fiel über seinen Sessel und landete ungeschickt auf der Sitzfläche. Fluchend riss er an einer Schublade und zog einen Revolver heraus.

»Hexerei!«, brüllte er mit schriller Stimme und zielte auf die Dryade, die ihre Ranken von den Leichen löste und ihren neuen Gegner fixierte. »Du Monster!«

Morera entblößte scharfe Reißzähne.

»Keinen Schritt näher!«, kreischte Perlenbach und schüttelte bedrohlich die Waffe.

Ich erahnte das Unheil, bevor es passierte, und stemmte mich auf die Beine. Morera scherte sich nicht um die Drohung und machte einen raubtierhaften Satz auf den

Schreibtisch. Angst lähmte Perlenbach, doch ich wusste inzwischen, wozu er fähig war – erst recht, wenn sein Leben davon abhing.

Schreiend stürzte ich zu Morera, zerrte sie von der Tischplatte und drehte mich schützend vor sie. Der Schuss explodierte erst in meinen Ohren, dann in meinem Rücken. Die Luft in meiner Lunge schien Feuer zu fangen, brannte und fraß sich durch meinen Leib. Ich verkrampfte mich, brach zusammen und wäre gestürzt, wenn Morera mich nicht aufgefangen hätte. Aus weit aufgerissenen Augen starrte sie mich an. Ich spürte, wie sie erbebte. Etwas Warmes lief meinen Rücken hinab, durchtränkte mein Hemd.

Stille breitete sich im Zimmer aus. Nur mein röchelnder Atem klang unnatürlich laut. Absätze klapperten auf dem Flur. Ein zierlicher, pfirsichfarbener Schemen erschien in der Tür.

»Um Himmels willen, Konstantin!« Sandrins Stimme überschlug sich vor Panik. Ich spürte kühle Hände in meinem Gesicht.

»Ich wollte nicht, dass das geschieht«, hörte ich Perlenbach jammern. »Er hat mir keine Wahl gelassen.«

»Bring uns hier weg«, überging Sandrin den Geschäftsmann. Ich verstand nicht, an wen sie ihre Worte richtete, aber zu verschwinden, empfand ich als gute Idee. Kälte lähmte meine Glieder und mein Blickfeld verschwamm immer mehr.

Jemand hob mich hoch. Mein Ohr ruhte auf einer warmen Brust, was ich unter anderen Umständen gewiss genossen hätte. Der Herzschlag hinter den Rippen klang so anders als der in meinem Inneren.

Wind brauste auf, erfasste mich und riss mich fort. Ich spürte ein Ziehen in meinem Magen und stöhnte leise. Zu mehr war mein geschundener Leib nicht in der Lage.

Plötzlich wurde es dunkel um mich herum. War ich tot? Ging es so mit mir zu Ende? Erschossen auf einem Ball. Wenn ich ehrlich war, gäbe es kaum ein passenderes Szenario, doch hatte ich mich dabei eher mit einer hübschen Dame und heruntergelassenen Hosen in der Besenkammer gesehen.

»Schnell! Hier entlang!«

Klangen so Engel? Sanft und herrisch? Zu gerne wäre ich der Stimme gefolgt, doch meine Beine verweigerten mir den Dienst. Stoffe raschelte verheißungsvoll. Ich sehnte mich danach, zu schlafen, in der Dunkelheit zu versinken und diese Kälte abzustreifen.

Ich spürte, wie ich auf etwas Hartes gelegt wurde. Der Geruch von Kräutern zupfte an meinem Geist und hielt mich im Hier und Jetzt. Ich kannte diesen Duft. Bilder erschienen vor meinem inneren Auge. Ein reich gedeckter Frühstückstisch. Sandrin mit Schaum vom Spülen im Haar. Ihr Lächeln. Wie sie ein Küchlein zerbröselt.

»Sandrin«, hauchte ich.

Finger schlossen sich um meine. »Ich bin hier, Konstantin. Alles wird gut.« Ihre Worte liebkosten mich, vertrieben die Kälte in mir, doch dadurch kehrte der Schmerz zurück, der sich wie ein Dolch durch meinen Rücken bohrte.

Ein unkontrollierbarer Schrei brach aus meiner Kehle.

»Kannst du ihn retten?« Die Angst in der Stimme der Dryade entging mir nicht.

Sandrin lachte hysterisch auf. »Verdammt, das ist kein Schnupfen. Er hat eine Kugel im Rücken! Wir brauchen einen Chirurgen.«

»Magie?«

»So mächtig bin ich nicht.«

»Die Quelle!«

Die Worte ergaben für mich keinen Sinn, doch ich wusste, dass mein Leben davon abhing.

Mein Hausmädchen schwieg, ehe sie einen Plan fasste. »Wir müssen die Blutung stoppen, sonst schafft er es nicht durch den Hain.«

»Wenn ich ihm etwas Energie gebe?«

Die Antwort bekam ich nicht mit, doch spürte ich, wie sich jemand über mich hockte. Der Duft von Wald vertrieb den der Kräuter und Hände legten sich auf meine Wangen. Ich spürte ein Kribbeln als warme Lippen auf meine trafen. Es war wie ein elektrisierendes Knistern, das Leben in mich hauchte. Der Schmerz ebbte ab, nur das Gefühl von gespannter Haut blieb zurück. Mein Verstand tauchte aus dem Nebel auf und mein Blick schärfte sich. Zugleich war

mir bewusst, dass es sich um eine kurzfristige Verbesserung handelte.

Ich lag auf meinem Küchentisch. Morera hockte rittlings auf meinem Brustkorb und betrachtete mich voller Sorge. Obwohl nur der Mond den Raum erhellte, konnte ich die Angst von ihren Zügen ablesen.

»Danke«, seufzte ich.

Ein genervter Laut links von mir riss meine Aufmerksamkeit an sich. Sandrin beobachtete uns aus schmalen Augen. »Können wir das auf später vertagen? Wir sind noch nicht aus dem Schneider.«

Gehorsam rutschte Morera vom Tisch und half mir beim Aufstehen.

»Was ist passiert?«, murmelte ich und strich mir über die verschwitze Stirn.

»Später«, entgegnete Sandrin knapp, legte mir die Hände auf die Schultern und schob mich durch den Flur. Auf wackeligen Beinen taumelte ich in Richtung Salon.

Das laute Knirschen von schweren Gefährten auf Kies ließ unsere kleine Gruppe erschrocken aufschauen.

»Was ist das?«, fragte ich mich laut.

Sandrin antwortete, indem sie mich weiter zur Terrassentür drängte. »Die Hexenjäger mit Heugabel und Fackel.«

»Eilt euch!«, drängte Morera und fuchtelte mit den Händen, als ob sie uns verscheuchen wollte. »Wir müssen die Siegel brechen. Der Pan hat den Hain verschlossen.«

»Wie bist du dann rausgekommen?«, wollte Sandrin wissen und raffte ihre Röcke, um weiter ausschreiten zu können.

»Ich habe so meine Mittel und Wege.«

»Meine Damen, vielleicht ist das ebenfalls ein Punkt, den wir später erörtern sollten«, schlug ich keuchend vor, als etwas laut gegen die Eingangstür hämmerte. »Der Mob ist da.«

Wir stolperten in den Garten, überquerten den Rasen und hielten erst am Rand des Grundstücks an. Als ob das Feenreich unser Nahen spürte, zuckte ein violettes Licht die Hecke entlang. Die Härchen auf meinem Armen stellten sich auf.

Sandrin bedeutete mir, abzuwarten, und riss die Hände hoch gen Himmel. Leise Worte flossen über ihre Lippen. Sie klangen rau und wild und waren in einer Sprache, die mir fremd schien. Das violette Licht blitzte erneut auf, pulsierte wie ein Herzschlag und erhellte die Nacht.

Schreie ertönten hinter uns. Man hatte uns entdeckt. Natürlich kamen sie nicht mit Fackeln und Heugabeln, doch mit Pistolen und Gewehren. Wie es aussah, hatte Perlenbach sämtliche männlichen Gäste, Angestellten und sogar einen Priester mobilisiert. Morera baute sich hinter uns auf, um unseren Rücken zu schützen, während Sandrin in eine Art Trance verfiel. Das Violett glühte mittlerweile in ihren Augen und ihre Stimme klang kehlig wie von einer anderen

Person. Die Beschwörung wurde fordernder. Sandrin verlangte Einlass für uns, doch der Hain schien sich mit all seiner Kraft dagegen zu wehren.

»Halt, von Heerstein! Beenden Sie diese Teufelei!«, brüllte mir Perlenbach entgegen.

»Das Hexenweib hat auch den alten Franz Josef auf dem Gewissen!«, kreischte ein anderer wie eine Furie.

»Jetzt machen Sie sich nicht lächerlich!«, protestierte ich und trat neben Morera.

»Dunkle Magie«, erboste sich Alfred Meise. »Wie kann es sein, dass Sie noch leben? Man schoss aus nächster Nähe auf Sie!«

Da ich dieses Argument nur schwer widerlegen konnte, hüllte ich mich in Schweigen und sandte ein Stoßgebet zum Herrn. Er erhörte mich auf seine Art. Der Pfaffe bahnte sich seinen Weg durch den Mob, schwang seinen Finger erfüllt vom Zorn Gottes und deutete auf Sandrin, die ihr Ritual immer noch nicht beendet hatte. »Erschießt diese Hexe! Sie ruft den Höllenfürsten!«

Zum zweiten Mal innerhalb kürzester Zeit stellte ich mich schützend vor eine Frau. Hatte eine Kugel für einen Abend nicht gereicht? »Nein!«, schrie ich den Männern entgegen. Morera positionierte sich an meiner Seite, geduckt und kampfbereit.

Doch die wütenden Herren schien weder mein Aufbegehren noch eine wilde Dryade zu beeindrucken. Wie in Zeitlupe hoben Sie ihre

Waffen. Ich presste die Augenlider zusammen, wappnete mich für die Schüsse – falls man sich für so etwas wappnen konnte.

Aber der Knall blieb aus. Stattdessen brach ein gewaltiges Dröhnen wie von einem Horn aus dem Wald hinter mir. Es legte sich um meinen Brustkorb wie ein Schraubstock. Meine Wunde am Rücken brach auf und erneut lief klebriges Blut über meine Haut. Schnaufend rang ich nach Atem. Morera hingegen spähte wie ein scheues Reh in den Wald hinein. Ich blinzelte, folgte ihrem Blick und lachte hysterisch auf.

Sandrin – mein zartes, unscheinbares Hausmädchen – hatte sich zu uns umgedreht und schwebte eine Armeslänge über dem Gras. Ihr Haar wirbelte wie Blitze um ihren Kopf und zwischen ihren ausgestreckten Fingern knisterte es bedrohlich. Über allem lag ein violetter Schein. Aus ihrem Mund kamen immer noch Worte in einer uralten Sprache, doch in meinem Kopf verstand ich ihren Sinn.

»Ihr dummen Sterblichen, der Wald wird nicht zulassen, dass ihr seinen Kindern schadet!«

Kaum war die letzte Silbe verklungen, brachen dicke Ranken aus dem Erdreich und peitschten wie wütende Schlangen durch die Luft. Ich schrie überrascht auf und versuchte, mich mit erhobenen Armen zu schützen, doch begriff ich schnell, dass der Angriff nicht mir galt.

Die anderen Herren hatten weniger Glück. Sie wurden von den Füßen gerissen, durch die

Luft geschleudert oder erbarmungslos in das Dickicht des Hains gezerrt. Kreaturen brachen aus den Ästen, eine phantastischer als die andere. Sylphen, Feen, Gnome, Waldschrate, lebende Bäume betraten wie ein gerufenes Heer die Wiese. Zwischen ihnen schritt der Pan, ein Mann, halb Mensch, halb Ziegenbock mit gewaltigen Hörnern auf dem Schädel und einem Speer in der Hand. »Der Wald wird euch richten«, grollte er den Menschen entgegen.

Wer nicht bewusstlos war oder bei dem Anblick in Ohnmacht fiel, versuchte, zurück zum Haus zu gelangen. Doch eine Wand aus Ästen versperrte ihnen den Rückzug und die Ranken trieben die Feiglinge in die Arme der Waldgeister.

Verzweifelte Schreie gellten in meinen Ohren. Das Chaos fiel über den Garten her – in all seiner Grausamkeit. Ohne Rücksicht packten sich die Kreaturen ihre Opfer und zwangen sie in den Hain. So schnell, wie die Rächer gekommen waren, verschwanden sie wieder mit der Beute.

Als Letztes wandte sich der Pan ab, warf uns einen abschätzenden Blick zu und tauchte in den Schutz des Waldes. Die Magie löste sich von der Druidin. Langsam verblasste das violette Licht, das sie umgab, und zog sich mit den Waldwesen zurück. Mit einem Seufzer sackte Sandrin zu Boden. Meine Erziehung befahl mir, zu ihr zu krabbeln und mich ihrer Gesundheit zu vergewissern, doch das Erlebte

lähmte mich. Noch nie hatte Stille auf mich so bedrückend gewirkt.

Ich zwang meinen Körper, zu atmen, und irgendwann gelang es mir, mich zu Sandrin zu bewegen und über sie zu beugen. Ihre Lider flatterten und sie schaute mich mit verklärtem Blick unter ihren langen Wimpern hervor an.

»Konstantin …«

»Scht … Alles ist gut, meine Sandrin. Meine tapfere Sandrin.« Liebevoll wischte ich ihr etwas Dreck von der Wange und entlockte ihr ein Lächeln. »Was hast du nur getan?«

Sie schmiegte ihre Wange an meine Hand und atmete tief ein. »Ich konnte nicht zulassen, dass dir etwas zustößt. Du wolltest dein Leben für mich geben. Für mich und den Hain.«

Mit einem Mal wurde es mir klar. Ich würde alles für diese Frau geben und sie nie wieder enttäuschen.

༺ Epilog ༻

Wichtige Geschäftsleute unter eigenartigen Umständen in Sanatorium untergebracht.

Mir reichte die Schlagzeile, um die Ereignisse der Nacht lebhaft heraufzubeschwören, sodass ich die Zeitung zusammenfaltete und neben meine Teetasse legte. Seit dem Vorfall war nun eine Woche vergangen. Es hatte drei Tage gedauert, bis der Wald die verwirrten und gepeinigten Männer wieder freigegeben hatte. Eines Morgens standen sie brabbelnd und mit zerrissener Kleidung in meinem Garten.

Ihr Gestammel von Monstern und Ungeheuern, die hinter meinem Haus lebten, schoben wir auf den übermäßigen Konsum von Opiaten und anderen illegalen Substanzen. Ärzte und Polizisten sammelten die gebrochenen Gestalten ein, durchkämmten den Wald und fanden zwei Leichen, die offensichtlich wilden Tieren zum Opfer gefallen waren.

Perlenbach schien es am schlimmsten getroffen zu haben. Wie ein Baby lag er im nassen Gras und sabberte vor sich hin. Sein Verstand war leer gefegt und nicht mehr in der Lage, selbst einfachste Körperfunktionen zu kontrollieren.

Die Ermittler befragten Sandrin und mich stundenlang, doch konnten auch wir ihnen keine zufriedenstellende Erklärung liefern.

Fakt war, dass Feen und Magie definitiv nichts damit zu tun hatten. Das war ausgemachter Blödsinn und uns nur recht.

Als endlich wieder Ruhe einkehrte, widmeten Sandrin und ich uns unserer neu entdeckten Liebe. Es verging kein Tag, an dem wir nicht gemeinsam kochten oder den Garten herrichteten – falls wir es aus dem Bett schafften, wo ich die meiste Zeit damit verbrachte, die Sommersprossen auf ihrer Haut zu zählen. Meine Zukunft wollte ich mit dieser Frau bestreiten und ich wünschte mir nichts mehr, als dass sie stolz auf mich war.

Berghausen folgte meiner Bitte und verkaufte meine Anteile an dem Unternehmen. Aufgrund der eigenartigen Vorfälle bezüglich der anderen Anteilseigner gelang das nur mit Verlust, aber alles in allem bekam ich ein ansehnliches Vermögen, um von vorne zu beginnen. Und ich erhielt die Eigentumsrechte an dem Hain hinter meinem Haus.

Zufrieden lächelnd griff ich nach meiner Tasse und nippte an dem Tee. Ein sanfter Frühlingswind wehte durch den Salon und brachte die Vorhänge zum Tanzen. Sandrin trat mit einem frisch geschnittenen Strauß Blumen zwischen den wiegenden Stoffbahnen hindurch. Sie trug ein helles Sommerkleid mit nackten Schultern und ihre ebenfalls nackten Füße klatschten leise auf den Holzdielen.

Ich streckte die Hand nach ihr aus. Sie folgte meiner stummen Bitte und verschränkte ihre

Finger mit meinen. Ich zog sie auf meinen Schoß, küsste sie auf die Schulter und ließ meine Lippen langsam ihren Hals hinaufwandern. Sie kicherte, strich mir durchs Haar und schmiegte sich an mich. »Du bist unersättlich, Konstantin.«

»Deswegen liebst du mich«, neckte ich sie und biss ihr ins Ohrläppchen.

Ein leises Räuspern ließ uns wie ertappte Schulkinder zusammenfahren. Irritiert blickten wir zur Terrassentür, in deren Rahmen Morera lehnte und uns mit breitem Grinsen bedachte.

»Dryade!«, entfuhr es mir überrascht. Ich hatte mit ihr seit dieser Nacht nicht mehr gesprochen.

»Wie ich sehe, habt ihr euch gut erholt«, bemerkte der Waldgeist schmunzelnd und trat auf uns zu. Sie strich Sandrin über den Kopf wie eine liebende Mutter und legte ihre Stirn an die der Druidin. Danach tätschelte sie auch meine Wange.

»Das Bad in eurer heiligen Quelle hat den Großteil dazu beigetragen. Ich bin dir zu tiefstem Dank verpflichtet«, gab ich zu. »Allerdings wachsen mir seitdem Blätter am Rücken.«

Morera blinzelte überrascht. »Bitte was?«

Ich fing mir einen Klaps von Sandrin ein. »Er beliebt zu scherzen. Wie ist es dir ergangen?«

»Nach dem der Herrscher des Waldes seinen Zorn an den Sterblichen entladen hatte, verzieh er mir mein dreistes Handeln. Ich bin hier, um mich zu entschuldigen. Ohne mich wäre es nie so weit gekommen.«

Abwehrend hob ich die Hand. »Perlenbach wäre durch nichts aufzuhalten gewesen. Er hätte andere Mittel gefunden, um mich zu erpressen. Vielleicht war es am Ende besser so.«

Sandrin kniff die Augen zusammen und musterte die Dryade nachdenklich. »Da ist doch noch mehr. Sag, was willst du?«

Verschwörerisch biss Morera sich auf die Unterlippe und warf einen Blick zurück zur Veranda. Scheu und mit großen Augen erschienen dort Feenwesen und Kobolde, die uns neugierig betrachteten. Sie kicherten glockenhell und versteckten sich hinter den Vorhängen.

»Was zum …«, entwich es mir. Ich schob Sandrin vorsichtig von meinem Schoß und erhob mich.

»Sie sind neugierig wie du«, erklärte Morera. »Sie wollen dich kennenlernen, wissen, wer ihren Wald beschützt hat.«

Immer mehr zauberhafte Wesen betraten unseren Garten, drangen durch die Türen in den Salon und schauten sich fasziniert um. Zwei Irrwichte jagten sich um den Kronleuchter. Ein Kobold studierte den Kamin und holte sich eine schwarze Nase in der Asche. Die Baummenschen mussten sich bücken, um das Zimmer zu betreten. Einer von ihnen riss ein hässliches Landschaftsgemälde mit einem Ast runter und brummte eine Entschuldigung.

Überrumpelt fuhr ich mir durchs Haar, während Sandrin ihr Grinsen an meiner Schulter verbarg.

»Und ich dachte, ich könnte endlich Ruhe in mein Leben bringen«, murmelte ich.

Sandrin umschlang mich von hinten und drückte mich herzlich. »Ich befürchte, das ist erst der Anfang, mein lieber Konstantin.«

Gedanken und Bedanken, Gedenken und Bedenken einer Autorin

Als unter meinem Fenster eine Drehorgel zum wiederholten Male zu dem Titellied von Pippi Langstrumpf ansetzte, hätte wohl niemand gedacht, dass daraus wirklich mal eine Novelle entsteht. Weder ich, noch der Drehorgelspieler. So sollte ich wohl zuallererst besagtem Musiker dankbar sein, denn ohne ihn und sein nervtötendes Instrument wäre mir nie die Idee zu Konstantins Geschichte gekommen.

Viele denken, dass ein Autor den Schreibprozess ganz alleine mit sich ausmacht, aber da liegen sie falsch. Im Hintergrund gibt es einige Menschen, die mir für die kreative Arbeit wichtig sind und ohne die das alles nicht möglich wäre.

Allen voran meine fabelhafte Verlegerin Grit Richter, die eher an Konstantin glaubte, als ich selbst. Danke für die Liebe und Hingabe, die du meiner Geschichte gewidmet hast, und auch für den ideenreichen Austausch. Ich wusste sofort, dass meine drei Chaoten bei dir in den richtigen Händen sind.

Meine Schreibbuddys, die meine Verzweiflung und mein Prokrastinieren verstehen und mir gelegentlich einen Tritt verpassen – besonders Cat Lewis und David Knospe.

Mein teuflisches Lektorat von Rohlmann & Engels. Mit dem Auge fürs Detail kitzelt

David Rohlmann das Beste aus dem Text heraus. Auch wenn es mir nicht immer leicht fällt, weiß ich doch, dass sich die Arbeit am Ende lohnt.

Mein wundervoller Mann, der meine Lust am Schreiben als perfekte Vorlage nutzt, um in Ruhe am Rechner zu zocken. Du teilst meine Faszination für Bücher und bist immer an meiner Seite. Dank dir weiß ich, was Konstantin und Sandrin gefunden haben.

Der Verlagsfee Melanie Schneider danke ich dafür, dass sie einen letzten Blick auf Konstantin und seine Mädels geworfen hat.

Aber am meisten Dank schulde ich wohl meinen Eltern, die mich das Wichtigste gelehrt haben – die Liebe zum geschriebenen Wort.

Natürlich danke ich auch dir, lieber Leser, dass du dieses Büchlein in den Händen hältst und bis hierher gelesen hast. Ich hoffe, die Geschichte konnte dir ein paar angenehme Stunden bereiten, und ich würde mich sehr über deine Meinung freuen.

Es gibt noch viele weitere Menschen, mit denen ich mich austauschen kann, die mir helfen oder mich inspirieren oder motivieren. Sie alle zu nennen, würde ein halbes Telefonbuch füllen. Hoffentlich fühlen sie sich an dieser Stelle angesprochen und feste gedrückt.

Solltest du nun doch noch wert darauf legen, namentlich hier genannt zu werden,

bieten die folgenden Platzhalter dir die Möglichkeit, dich und andere liebe Menschen einzutragen:
-
-
-

Bei deinem nächsten Waldspaziergang halte kurz inne. Vielleicht beobachtet euch Morera neugierig.

Wir lesen uns!
Eure Jenny

Cenușă
Asche zu Asche
Eine düstere Steampunk-Romanze

»Die grausamsten Entscheidungen treffen wir für die Menschen, die wir lieben.«

1918 - Das Jahr in dem der große Krieg zwischen Maschinisten und Teslanern ausbrach. Die Magierzunft könnte dem Blutvergießen ein Ende setzen, doch ihre Gesetze verbieten ein solches Eingreifen. Trotzig widersetzt sich das technomagisch begabte Halbblut Darja diesem höchsten Gebot und soll zur Strafe durch den Todesfluch hingerichtet werden. Nur mit einer Finte gelingt die Flucht. Jedoch ist ihr nun der Tod höchstselbst auf der Spur – und ihm kann niemand entkommen.

www.ArtSkriptPhantastik.de

Mehr Dark Fantasy, Steampunk &
Space Fantasy gibt es auf

www.ArtSkriptPhantastik.de